er

edition roetzer

Daß ich spreche,
muß mir
Antwort sein.

G.F.

GESPRÄCHE OHNE ANTWORT

GERTRUD FINK

HINTERGLASBILDER
von
GERHARD MÖRTL

VORWORT
von
HARRY GLÖCKNER

Was können wir tun?
EINZIG NUR LIEBEN.

Gertrud Fink

ISBN 3-85374-166-5

Printed in Austria by Rötzer-Druck Ges. m. b. H., Eisenstadt.
Verlags- und Herstellungsort Eisenstadt.

VORWORT

„Unser Mut gleicht einem hohen Flaggenmast", schreibt Gertrud Fink an einer Stelle dieses Buches — und auf diesem, i h r e m Flaggenmast, weht im steten Aufwind die Flagge der Gertrud Fink. Sie kennt keine Flaute, sie bläst zum Angriff und schon ist das vierte Buch erschienen! Während ich über dieses Vorwort nachdachte, hatte GF wahrscheinlich schon das nächste Werk fertig im Kopf!

Verweilen wir noch bei diesem, es heißt: „Gespräche ohne Antwort"! Das sind Gespräche mit dem toten Bruder, mit dem unbekannten Vater, mit einem Fremden ...! Aber — und das sind die Spezialitäten der GF, sie führt auch Gespräche mit einer Ikone, mit Gott und dem Tod. Sie spricht mit den Wolken, mit einem Grashalm, mit einem kleinen Trommler und mit dem ungläubigen Thomas ...!

Ich habe gar nicht gewußt, daß sie auch *mit mir* spricht ...?

Die Absichten der Autorin sind löblich, echt und von großem Engagement, sie ist eine Riesin der Güte in unserer Welt der Unaufrichtigkeit und des Hasses! Riesen sind Autoritäten und selbst ein gütiger Riese flößt uns, wenn schon nicht Angst, so doch Respekt ein.

In den Festungen der Einsamkeit, in die sich viele Menschen mit ihren Gedanken in ein freiwilliges Exil zurückgezogen, macht sich nun GF mit ihren Texten breit. Man könnte, um es profan auszudrücken, sagen, GF hat eine Marktlücke entdeckt. Die Einsamen brauchen Nahrung ...!

Gespräche ohne Antwort sind Selbstgespräche — Gespräche, bei denen man die Antwort schon vorher weiß, weil man sie sich selbst gibt. Das regt an, regt an die Phantasie, die Idee, die Abwehr — kurz, Gespräche ohne Antwort können Kraft geben, Kraft, um ein

Ghetto, dem man glaubt nicht entrinnen zu können, zu verlassen.

Gewalt, das zeigt die Geschichte, hat Unglück über die Menschen gebracht. Der Gedanke, die Idee, wenn sie wollen — Gespräche, *vorerst* ohne Antwort, haben tiefgreifende Veränderungen herbeigeführt ...

So hält auch GF an einer neuen Idee fest — sie heißt Josef, der weise Tor — Josef wird kommen, verkündet sie — gestatten Sie mir, geneigter Leser, an dieser Stelle auch eine Prophezeiung — die GF kommt auch, bald, mit einem neuen Buch.

Harry Glöckner

HARRY GLÖCKNER,

geboren in Wien, Handelsschule — Kaufmann — Reifeprüfung für Schauspiel — vorerst Kabarettist und Schauspieler, u.a. ,,Simpl'' bei Farkas — spielte unter Kehlmann in Festwocheninszenierungen — arbeitet als Autor und Regisseur bei Rundfunk und Fernsehen — zahlreiche Schauspiel-, Opern- und Operetteninszenierungen — auch in Hamburg und München.
Vorworte zu mehreren erfolgreichen Büchern.
Seminare über Kunstgeschichte — Malerei. Autor und Mitautor zahlreicher Publikationen.
1977 Museumsleiter in Wien.
Mitarbeiter einer Literaturzeitschrift.
1982 Professor.

INHALTSVERZEICHNIS

GESPRÄCHE
OHNE ANTWORT

. . . MIT EINEM ANTLITZ.

Die Stirne sehe ich gewölbt
und die Gedanken verschließend.
Das Augenpaar dünkt mich bewegt
von all jenem, das Seele sich nennt.
Der Mund kann sich öffnen
zu einem Wort, zu einem Lächeln.
Der Wangen sanftes Rund
vollendet Dich auf stille Weise.

Das kann ich sehen.
Jedoch Deine Landschaft entsteht durch:

das Denken,
das Fühlen,
das Lächeln,
und endlich — das Wort.

Wann kommt die Stunde
da mir das Schweigen
zur Antwort wird?

. . . MIT DEN FERNEN.

In Nebel verhüllt,
so dünkt es mich,
seid Ihr uns nah.
Ihr, die Ihr geschwunden
und ferne dem
atmenden Leben.

Gehe ich langsam
durch den grauenden Wald
und streife die
nassen, glänzenden Reiser,
da ist es mir so,
als würdet Ihr wieder
neben mir sein

und meine Stirne
umweht sanft
ein liebender Hauch.

. . . MIT DER MUTTER.

Muttertag ist heut',
Mama,
und unzählige bunte Blumen
fallen in den gebärenden Schoß.

Einst schenktest Du
mir mein Leben
und es war von Glück und Freude
erfüllt, in all den Jahren,
da Du neben mir gingst.

Durch Dein Fernesein fiel ein Schatten darüber,
aber zuweilen sehe ich durch die Dunkelheiten
ein Licht aufleuchten.
Bist Du es?
Gehst Du neben mir?
Ist meine Freude
auch die Deine?

Muttertag ist heut',
Mama,
und meine Fragen
bleiben für immer
ohne Antwort.

. . . MIT DEM UNGEBORNEN KIND.

Kind,
das sich verloren
auf den Weg zu mir.

Kind,
bist Du traurig,
daß Du mich nicht Mutter nennen kannst?

Kind,
war Dein Haar vielleicht blond und weich
und hätt' gerne sanft meine Wange berührt.

Kind,
Deine Hand hätt' so gut
Geborgenheit gefunden in meiner.

Kind,
es war uns nicht beschieden.
Weine nicht. Einmal werd' ich Dir nahe sein.

Dann wollen wir unsre Lieb'
ohne Grenzen aneinander verschwenden.

. . . MIT DEM GELIEBTEN.

Einmal warst Du mir gut
und Dein Lächeln hat mein Leben erhellt.

Als die Fliederdolden uns duftend berührten,
öffnete der Himmel sein Tor.

Denn Liebende finden Eingang in ihm
und werden des Lichts nicht müde.

Einmal warst Du mir gut,
eh' Du gingst.
Und nun stehst Du wartend
neben dem Stern der Liebe
und seine Strahlen
verfangen sich zärtlich
in der Mitte meines Herzens.

. . . MIT DEM TOTEN BRUDER

Manchmal da ist es mir,
als müßte ich nur die Türe öffnen
um Dich wiederzusehen.
Ein vages Lächeln würde um Deine Lippen liegen
und Deine Hand legtest Du an meine Schulter,
wie es im fremden Lande üblich ist.

Kannst Du Dich erinnern, an jene Stunden,
da das Auge unsrer Mutter auf uns ruhte
und Welt und Leben noch hinter großen,
dicht verschlossnen Türen ruhte?

Kannst Du Dich erinnern, wie lang und heiß
so mancher Sonntagnachmittag auf den glühenden
Dächern lag
und wir nur leise vor uns hinträumten
und uns nicht entschließen konnten, etwas zu tun?

Auf einmal gingen dann die Tore,
wie von einer unsichtbaren Hand bewegt, auf
und das Leben verschlang uns,
jeden auf seine oft grausame Weise.
Durch die Türe trittst Du niemals mehr,
aber es könnte sein, daß die Erinnerung in Dir webt
und Dich weiterhin zu
meinem Bruder macht.

. . . MIT DEM VATER.

Als meinen Vater
hab' ich Dich nie erkannt;

war Dein Blut
auch meinem ähnlich.

Gerne hätt' ich es verströmt
an einem heimlich dunklen Ort,

denn —

keine Liebe floß in Deinen Adern
für mich, Dein Kind,

und

als meinen Vater
hab' ich Dich deshalb nie erkannt.

. . . MIT EINER IKONE.

Wenn ich mich in den Schatten
Deines Lächelns fallen lasse,
wird es nicht dunkel um mich,
sondern Welt und Leben beginnt zu strahlen.

Dieses Licht reicht nicht weit
und macht die Wege um uns nicht hell.
In uns aber entzündet sich etwas, —
erleuchtet unser Herz...

Und plötzlich wollen wir lieben
und geliebt werden.
Kaum können wir es erwarten,
gleich Dir, auch etwas zu geben —

Jedoch noch fehlt uns Deine Weisheit,
die in Jahrhunderten in Dich drang.
Wir gleichen noch dem Kind in Deinem Arm,
unbewußt erfüllt von jenem Wunsch,

einst in einer goldnen Stunde aus dem
Schatten tretend,

Dir zu gleichen.

. . . MIT EINEM CHINESISCHEN TUSCHBILD.

Da Euch Menschen des fernen Ostens
Bild und Wort, gleich Farben, ineinandergleiten,
könnte es geschehen,
daß, jemand Eure Bilder betrachtend,
geheime Stimmen vernimmt,
die von all jenem erzählen,
das malend Euch durch die Seele floß.
Und in diesem Meer der sanften Farben
und der leisen Worte
läßt man sich beglückt versinken.

. . . MIT DEM FREMDEN.

Fremd warst Du
und fremd bist Du geblieben.

Ich kannte Deines Herzens Schläge nicht
und nicht den Duft der Hände.

Und dennoch —

als Du an mir vorübergingst
traf mich ein seltsam tiefer Blick.

Etwas lag auf Deines Augen Grund,
das mich verwandt Dir hieß.

Zu rasch gingst Du vorbei,
und eine Ahnung uns nur streifte.

Verheißung aber irgendwo
gleich einem seltnen Duft

ins Leere strömte.

. . . MIT DEM BAUM

Daß Du nicht Antwort gibst,
wenn wir Dich etwas fragen,
kann ich schier nicht glauben,
weil oft und oft hast rauschend
Du mir vieles offenbart,
was Dich umwebt und Kraft Dir schenkt,
die Deinen offnen Armen zu bereit entströmt.

Wogegen wir gefesselt an unsre schwachen Wurzeln,
des Redens und der Antwort oft nicht fähig,
verstummt an Dir vorübergehn.

. . . MIT DEM STROM.

Woher Du kommst —
wohin Du gehst —
Du kannst es mir nicht sagen.
Es ist in Dir und treibt Dich weiter
und ahnungslos bleibst Du dem Kommenden.

Und deshalb bist Du uns so sehr verwandt,
weil auch unser Ursprung dunkel ist und sehr
verborgen,
und unser Ziel in weitem, niegesehenem Lande liegt.

Es ist das rastlos Fließende,
das uns Beide verwandelt
neuen Ufern in die Arme wirft.

. . . MIT EINEM KLEINEN, FREMDEN HUND.

Mein Hund, der mich aus seinen frühen Jugendtagen
kennt,

der liebt mich und versteht,
wenn ich zu ihm mich zärtlich neige.

Doch Du, Du kleiner, fremder Hund,
Du zeigst, wie sehr Du mir, der Fremden scheu
mißtraust.

Das macht mich traurig fast,
denn tief im Herzen muß ich mir gestehen,
daß Du den Menschen nicht ohne Grund so fern
und kühl Dich gibst.

. . . MIT DER NATUR

Wohl sprichst Du zu uns Menschen,
aber es geschieht dies auf so leise Art,
daß man ein Liebling Gottes sein muß,
um Deine Sprache zu verstehn.

Näher sind Dir wohl die Tiere,
weil sie mehr ein Teil sind, Deines Webens,

und wenn ich einen Vogel singen hör', so ist es mir,
als würde er mir mit den süßen Tönen
geheime Kunde von Dir bringen.

. . . MIT EINEM BUCH.

Niemand darf es wagen,
laut und ganz bestimmt zu sagen,
daß Du reichbedrucktes Buch,
uns nicht Antwort gibst,
auf viele Fragen.

Aber es geschieht auf eigne Weise,
und hat mit unsrer Sprache nichts zu tun.
Deine Worte sind unhörbar.
Sie gehen an den Lauten unsrer Welt vorbei.
Wenn wir dennoch sie vernehmen
so auf ganz andren Wegen.
Sie steigen auf aus Dir und sinken uns ins Herz.
Und da sie dort sich eingenistet,
erwacht erst der Verstand
und beginnt sie hin und her zu drehen.
Aber jenen Glanz, den sie von unserem Gefühl
empfangen,
verlieren sie nie mehr ganz
und werden dadurch
Teil der Schönheit dieser Welt.

. . . MIT EINEM GRASHALM.

Gerne ruht man auf Dir und den Deinen,
aber keiner denkt daran,
Dich zu pflücken, um sein Heim
mit Dir grünend zu schmücken.
Den Tieren dienst Du zur Nahrung,
selbst dann noch, wenn du vertrocknet
dem Winter entgegenraschelst.

Wie wichtig bist Du,
Du kleiner, wiegender Halm
und es tut Dir in Deiner
Genügsamkeit sicher sehr wohl,
wenn ein bunter Falter
Dich zärtlich berührt.

. . . MIT EINER ZARTEN ELFE.

Am Morgen steht auf meiner Schwelle
eine zarte, feine Elfe.
Sie reicht mir sogar ihre Hände,
die ein wenig kalt und ferne
in den meinen ruhen.

Sie gibt nicht Antwort
auf meine vielen Fragen
und dennoch schenkt sie Wissen mir,
von jenen sanften, leisen Dingen,
die von Alltagslauten sonst verdeckt.

. . . MIT DEN MARGARITEN.

Schön und klar schmückt Ihr die Wiesen und Raine.
So lange bis ein Mensch kommt und plötzlich an Euch
das Geheimnis ergründen will.
Liebt sie mich?
Liebt er mich?
Blütenblatt um Blütenblatt zerrt man aus Euch.
Seufzt Ihr oder schreit Ihr:
„Nein, sie liebt Euch nicht!"
Oder ist es nur ein schwacher Hauch Vergehen:
„Er liebt Dich!"
Euer nackter Leib wird weggeworfen,
ohne daß jemals ein Mensch Wesen und Tiefe der
Liebe
wirklich erkennt.
Und Ihr?
Ihr nehmt das Mirakel mit in Eure neue
Verwandlung.

. . . MIT DEM KLEINEN GRAUEN SPATZEN.

Andere Deiner Artgenossen ziert ein bunt' Gefieder.
Du bist grau in grau und nur ein paar helle Flecken
ließ Gott in Deinen Körper flechten.
Sie sind Deine Zierde.
Aber auch wie Du Deinen Kopf zu heben weißt
und Dich zierlich hüpfend vor uns drehst.

So hat jedes Wesen seine nur ihm eigene Schönheit
und keiner ist vor Gott zu gering,
um sie in die Welt tragen zu dürfen.

... MIT DEN WOLKEN

Ihr reist mit den Winden und habt von der Welt
eine eigene Sicht.

Der Sonne seid Ihr ein wenig näher, als wir,
und Sterne und Mond nennt Ihr Freunde.

Vielleicht trägt Ihr die Engeln von Ort zu Ort
und läßt sie ein wenig verweilen auf grobem
Menschengrund.

Doch bald zieht Ihr weiter, den Winden vertraut,
und lauscht ein wenig versponnen,
was die himmlischen Boten sich leise erzählen
von Erde, Mensch und Getier.

. . . MIT DER NACHT

Die Dunkelheiten, die Dir eigen,
sind Mantel Deinem Wirken.
Denn hat der Mensch
in hellen, lauten Stunden,
die Schicksalsfäden rauh und unbedacht zertrennt,
und weiß den Weg zum Licht ganz einfach nicht zu
    finden,
so treten aus Dir dichte Scharen,
die des Lichtes nicht bedürfen,
und mit geschlossnen Augen,
aber sanften, demutsvollen Händen,
die Bänder einfach wieder schließen,
so daß ein neuer, gottgeschenkter Tag
verheißend aus dem Dunkel steigen kann.

. . . MIT EINEM ALTEN HAUS.

Was Du erzählen könntest,
würde manche Bände füllen.
Doch Du mußt schweigen
und hast Dein Wissen tief verschlossen.
Denn da Du nun nicht mehr bewohnt,
bist Du des Erlebten ganz und gar beraubt
und Zukunft schwebt noch unerfüllt
über Deinem hohen, steilen First.
Deine Vergangenheit wird nur von Menschen sanft erhellt,
die Deine Tore öffnen und Deine Räume füllen,
mit Weinen oder Lachen.
Denn jedes Ding wird von uns Menschen nur erweckt
und sinnvoll in der Zeit.

. . . MIT DEM REGEN.

Ihr durchsichtigen Tropfen
seid Tränen des Himmels.
Wer weint sie
und um wessen Taten willen?

Möge dieser Strom der Traurigkeiten
nie versiegen,
denn er schenkt unsrer Erde Leben
und jeder grünende Halm
wiegt dankbar sich dafür
im leichten Wind.

. . . MIT DEM MENSCHLICHEN GEIST.

Was aus Dir blüht
beglückt und es erschreckt.

Was Du bewegst durch die Äonen
sind Wunder ohne Zahl.

Was Du zerstörst
läßt Engeln weinen.

Ein Gott hat dieses Rad bewegt,
das ohne Rast sich immer weiter dreht.

. . . MIT DEM KLEINEN TROMMLER.

Berührst Du sachte und ein wenig spielerisch
die große, runde Trommel,
die man Dir bestimmt,
so tönt es dumpf und mahnend auf,
als seist Du Künder unseres Gewissens.
Vieles steht da in uns auf,
das wir versunken glaubten.
Schmal ist der Pfad, der uns vom Bösen trennt,
und jener werfe seinen ersten Stein,
der noch nicht abwich von den lichten Wegen.
Und glauben wir uns fast erlöst,
kommst wieder Du, ein wenig lächelnd, auf uns zu
und läßt die Trommel rühren.
Verstummen wirst Du vielleicht erst ganz,
wenn wir die Grenze überschritten
und unser menschlich Kleid verloren.
Aus weiter Ferne werden Deine Klänge
nur mehr uns erreichen, als ein Erinnern,
wie schwer es war, ein Mensch zu sein.

. . . MIT DEM TOD.

Dein kalter Schatten fällt über unsre Tage.
Grausam vernichtest Du,
was Dich des Lebens nicht mehr wert erscheint.
Nur daß Du uns die Stunde,
die uns das Diesseits raubt,
nicht wissen läßt,
trägt weiter uns durch alle Fährniss.
Aber in manchen Augenblicken
trittst Du mahnend vor uns hin
und Dein Hauch berührt das Herz.
Dann fliehen wir in helle Fröhlichkeit,
taumelnd wie verirrte Falter,
und können unser Wissen um Dein Sein
dennoch nicht verlieren.

. . . MIT GOTT.

Wenn Du heut' und hier auf Erden
manchen Menschen läßt im Dunkel
so geschieht dies wohl aus weisem Grund.
In des Himmels lichten Weiten
wirst Du einst ihn nehmen an der Hand,
und ihn liebend führen durch das goldne Land.
Alles, das er mußt entbehren,
fällt leuchtend in sein Sinnen
und er hebt dann an,
schönste Lieder Dir zu singen.

. . . MIT DEM MOND.

Heut' nacht da sandtest Du ein strahlend silbern
Licht
und niemand hätte glauben können,
daß Dein Körper dunkelbraun und öde,
durch das Weltall reist.
Du hast dies Licht Dir nur geborgt
und dennoch ist es wie ein heller Zauber,
den Du über unsre Erde gleiten läßt.
Ein kleiner Vogel ist davon erwacht
und stimmte gleich ein Liedchen an.
Es klang so seltsam schwach,
als würde es sich Deinem Weben
nicht mit ganzer Seel' ergeben.
Und dennoch sang er, von Deinem Licht umhüllt,
weil er, wie wir,
das Magische voll Sehnsucht sucht.
Denn leicht verzaubert dünken wir uns glücklich
ganz.
So scheine, guter Mond und schenk uns Deinen
Glanz.

. . . MIT DEM SPÄTSOMMER.

Du weißt die Erde zärtlich zu vergolden
und manche Früchte träumen
in Deiner milden Wärme zur Vollendung hin.

Der Gesang der Vögel klingt ein wenig müder schon,
denn ihr Gefieder ahnt der Kühle Hauch.
Viele Tiere sammeln eifrig Nahrung
und schauen bangend auf zum Himmel
über dessen weitgespanntem Zelt
dunkle Schwärme flügelschlagend südwärts ziehn.

Die Blätter mancher Bäume überzieht,
langsam aber unaufhaltsam,
das Farbenspiel Deines Bruders Herbst.

Und wir, wir leben in Dir so,
als wüßten wir nicht um dies letzte Sommerlied,
weil wir uns immer der gleitenden Vergänglichkeit
entgegenwerfen,

in ihren Armen aber so gewandelt werden,
wie jene Früchte, die in Deinem Lichte glänzen.

. . . MIT EINEM GELIEBTEN MENSCHEN.

Wenn Du vor mir stehst,
da glaube ich,
Dich umarmen
und halten zu können
grenzenlos...

Wenn Du zu mir sprichst,
dann dünkt es mich,
daß Deine Worte
die Welt erhellen,
grenzenlos...

Wenn Du neben mir gehst,
so scheinen mir die Wege
erfüllt und blühend,
in jeder Jahreszeit,
grenzenlos...

Und dennoch ist es in Dir
und in uns allen,
daß wir gleich fließenden Träumen
kommen und vergehen
grenzenlos...

. . . MIT DEM VERLORENEN GEFÄHRTEN.

Die Tage gehen hin.
Vieles geschieht —
Veränderungen da und dort,
um mich und in mir —
ich kann Dir nichts erzählen.

Oder vielleicht hörst Du mich,
wenn ich ganz leise zu Dir spreche?
Es könnte sein,
daß Du sehr nahe bist,
und nur durch Stille
lebst und wirkst.

Unser kleiner Hund weiß scheinbar mehr,
denn er versucht garnicht,
Dich irgendwo zu suchen.
Er kann zwar nicht mehr
mit Dir liegen und Deine Wärme fühlen,
aber, er ist sich Deines Hierseins voll bewußt.

Warum sonst würde er zuweilen
den Kopf ein wenig von mir wenden
und still zufrieden
leise atmend, lauschen?

Warum hab' ich verloren,
was er beglückt besitzt
und muß Dich suchen immerfort?

Nur einmal in den
erdrückend stillen Tagen
glaubte ich Dich nahe ganz,
als mich an einem Fenster
ein dunkler Schmetterling berührte,
dessen blaugraue Musterung
mich an die Farbe Deiner Augen zart gemahnte.

Ja, in allen Dingen dieses Lebens
werd' ich Dich nun zu finden trachten
und der Himmel und die Erde
stehen Deiner Seele offen,
um die meine tröstend sacht zu grüßen.

. . . MIT DEM UNGLÄUBIGEN THOMAS.

Muß man Dich von Gut und Böse überzeugen?
Das Böse gibt es.
Gott, der Herr, hat es so gewollt,
denn woran man das Gute messen sollt'.
Was muß ich tun,
damit Du mir Glauben schenkst,
wie sehr die Menschen Hilfe spenden,
wenn wir uns leidend an sie wenden?

Es kam wie eine Flut von Güte über mich,
als ich des Beistand's sehr bedurfte.
Und Fremde, die ich nur vom Sehen kannte,
reichten helfend mir ihre Hände.

Du glaubst es scheinbar wieder nicht?

Dann lege Deine Hand an meine Stirne
und lausche so der Wahrheit meiner Sinne.

. . . MIT DEM ENTSCHWINDENDEN JAHR.

Du gabst Dich harmlos,
weiß verschneit,
gleich einem kleinen Kinde.
Hast mit dem Schnee gespielt
und Eis und Kälte
schienen Dir nichts anzuhaben.

Als Du den Frühling mit zarter Hand
wie einen Schleier über uns geworfen,
da waren wir noch ganz versponnen
in Dein junges Grün
und glaubten Jünglinge zu sehen,
an deren schlanken Händen
wir über weiche Gräser eilten.

Der Sommer heiß und sehr verworren,
ließ für manche schon den Vorhang
von Dir gleiten
und Düsternis ward sichtbar
die unsre Sinne schicksalsträchtig ließ erbeben.

Der späte Sommer aber
trug in seinem Mantel der Tränen viele
und die kühle Einsamkeit durchdrang die Tage,
die schwül vor unsrem Fenster lagen.

So kam Dein Ende,
und Du hast Dein Haupt verhüllt.
um alle Grausamkeiten,
die Du brachtest,
nicht zu sehn.

Es mag ein Trost Dir sein,
daß Du auch vielen Glück und Freude
hast geschenkt.

Wir Menschen müssen beides zu erleben lernen.
Und jenes Jahr, das nun Dir folgt,
wird wieder leicht und schwer
für uns hier sein ...

Dennoch: —
es ist schön und wundersam zu leben.

. . . MIT DEM VIELÄUGIGEN ENGEL DER KABBALA.

Dein Leib ist übersät mit Augen.
Ja, Du bist ein einziges Schauen.
Alles wird von Dir erfaßt.
Es ist vieles, das wir Menschen
nicht sehen und nicht verstehen.

Dein Erkennen ist groß.
Und stehst Du vor uns,
so dünken wir uns schwach
und sehr zerbrechlich.
Denn Deine Augen, die uns umgeben,
sehen in unsre dunkelsten Tiefen.
Vor Dir können wir nichts verbergen.
Die langgetragne Maske gleitet langsam
ab von uns
und nackt und bloß stehen wir vor Dir.

Dein allumfassender Blick soll
unser Gewissen erwecken,
unsren Willen stärken,
um rein und ohne Tadel
sich Deinen vielen Augen
darbieten zu können.

. . . MIT DEM VERSCHNEITEN BERG.

Niemals wirkt Dein Haupt
so majestätisch,
als in der Winterzeit.
Der Mantel aus weißem Nichts
liegt wie ein Hermelin um Deine Höhen.
Du glänzt im Morgenlicht.
Du glänzt im Sternenschein.
Glänzend voll blitzender Kristalle,
beweist Du uns
Deine immerwährende Schönheit.

. . . MIT DEM WEGGELEGTEN KIND.

Man hat Dich verlassen
in dieser Weihnachtsnacht,
wo Liebe regiert.

Aber man hat Dich aufgenommen,
Dich weggelegte Frucht
einer Liebe,
die in Dir keine Heimat fand.

So wird es immer sein:
viel Dunkelheit
und nur ein wenig Licht.

Geht hin und zündet Lichter an,
es muß immer mehr leuchten,
denn es gibt so viele Heimatlose.

. . . MIT DEM WEIHNACHTSENGEL.

Wo Du auch eintrittst
heut', —
sie brauchen Dich.

Wo Du Deine Arme breitest
heut', —
sie lassen sich in sie fallen.

Wo Dein Blick hinfällt
heut', —
wird es licht um sie.

Wo Du auch hingehst
heut', —
komm' wieder Engel.

. . . MIT DEM UNGREIFBAREN.

Wenn ein Mensch fest und tief glaubt,
dann gelingt es ihm in manchen Augenblicken,
durch den Schleier, der die andre Welt verhüllt,
zu blicken.

Es leuchten unzählige Kerzen.
Ihr Schein vergoldet die Luft.
Und Dome wachsen zum Himmel.
Irgendwo steht ein Blinder auf
und wird sehend ...
Und...
Und...

Die Poesie teilt den Schleier zur unsichtbaren Welt
ein wenig.
Sie versucht mit Gedanken und Gefühlen
Zeichen zu setzen,
Leben zu verdichten,
Bilder zu malen,
Winde anzufachen,
die alles lautlos bewegen.
Und...
Und...

Einzig der Liebe gelingt es,
den Schleier für Augenblicke zu heben.
Dann beginnt ein Blühen.
Es treten Gestalten in dieses Glühen,
die sich weich und zärtlich bewegen.
Und plötzlich sind wir Teil des Ungreifbaren.
Es verschlingt und verschmelzt uns.
Und...
Und...

Die Worte versagen.
Sie werden sprachlos.

. . . MIT DER TRUNKENHEIT.

Zu manchen Stunden —
in besonderem Licht —
wenn wir eine Hand berühren —
goldner Wein im Glase glänzt, —
Musik in uns dringt, —

dann umfaßt Du uns, —
dringst in uns ein —
erwärmst unsere Seele, —
läßt unsere Glieder beben, —
unsre Augen glühen —

und wir verlieren den klaren Blick,
den die Vernunft geschärft.

Mit einem Mal öffnet sich ein Tor,
das lang verschlossen für uns war
und wir werden berauscht
der tausendfachen Wunder
des Lebens gewahr.

. . . MIT EINEM KUSS.

Wie kannst Du Dich verwandeln?
Du bist es, der von der Mutter
sanft dem Kinde wird gegeben.
Du bist es, der von scheuen Jünglingslippen
auf unerschloßne Blüten fällt.
Du bist es, der glühend in uns dringt
und Welt und Leben neu erschafft.
Du bist es, der beim Abschied
Tränen in sich birgt
und Angst, auf keine Wiederkehr.
Du bist es, den der Tod auf unsre Stirnen drückt,
wenn wir uns neuer Wandlung still ergeben.
Du bist es, den ein Engel hält für uns bereit
und damit uns des neuen Lichtes würdig macht.

. . . MIT DER GESPALTENEN WELT.

Es geht wie ein tiefer Riß durch Dich.
Was wir zu sehen scheinen ist schwer und dunkel,
Ein Gewirr von Düsternis wird selten nur
von wahrer Menschlichkeit erhellt
und Schönheit dringt nur zaghaft
durch Deine aufgewühlte Erde.
Drehst Du das andere Antlitz zögernd uns zu,
so kann es geschehen,
daß wir seltsam verwandelt vieles erfühlen,
das Leben ist in höchster Form.
Dann blühen Wiesen voll von großen, weißen
Blumen,
auf denen gläserne Tropfen schimmern,
die uns vage an die vielen Tränen
Deiner anderen Seite erinnern.
Welches ist Dein wirkliches Gesicht?
Wo wohnt die Wahrheit?

. . . MIT EINEM SCHMETTERLING.

Deine Liebe gilt den Blumen.
Zärtlich umgaukelst Du sie
und nur für kurze Augenblicke
läßt sich Dein bebender Leib
auf einer Blüte nieder.
Deine bunten Flügeln werfen zarte Schatten
und eh' es uns gewahr,
bist Du entflogen.
Ganz selten nur gönnst Du Dir Rast
auf eines Menschen Hand
oder streifst die Wange und den Mund.
Dein Leben ist von uns abgewandt,
von uns Riesen,
die sich bunte Hüllen um den Leib schlingen,
um in manchen Augenblicken
ein wenig Dir zu gleichen.
Jedoch was bei Dir Schweben
und entrücktes Gleiten
ist bei uns allzu plump
und endet zerflattert
irgendwo in Dunkelheit und Not.
In Dein Reich können uns nur Träume führen.
Erwachen wir daraus mit schweren Gliedern,
bleibt uns in Erinnerung ein zarter Farbenhauch
tief ins Gemüt gesenkt,
und das leise Wissen um unsere Unvollkommenheit.

. . . MIT DEM TOR ZUR GLÜCKSELIGKEIT.

Wie viele Menschen standen schon vor Dir.
Die einen zögernd und mit zitternd schwachen
Händen.
Die anderen drängend und sehr ungestüm,
heiß nach Deinem goldnen Knaufe greifend.

In manchen Augenblicken öffneten
sich Deine hohen Flügeln lautlos
und so, als hätte irgendwer sie aufgetan.

Ein Blick auf die verborgnen Schätze
ließ die Menschen seufzen
und ihre dumpfen Sinne
drohten erblindend zu vergehn.

In großen Krügen hieltest Du
die Seligkeiten aufbewahrt,
um sie in manchen Augenblicken
über unsre Häupter zu verströmen.

Und die gewaltig reichgebauschten Bahnen
aus knisterndem Brokat
warteten darauf, sich zärtlich
um unsren Leib zu schlingen.

Die funkelnden Riesensteine,
die hier ganz einfach Landschaft schienen,
waren verlockend und verzaubernd.

Da sah man eine Frau vor Dir stehen,
sprachlos und verwirrt,
und leise bat sie Dich,
dies fremde Land doch wieder zu verschließen,
weil auch das Glück hat seine Zeit.
Sie sei dafür noch nicht bereit.
Geduldig muß man auf die Stunde warten können,
da Du Dich öffnest für uns hier auf Erden
um, wenn auch nur für Augenblicke,
ein Bürger Deines Reich's zu werden.

. . . MIT DEM LEBENSFADEN.

Ich spinne und spinne
des Tags und des Nachts
und halte den Faden sacht.
Er ist so leicht zu verletzen
und kann enden,
eh' man's gedacht.

Ich drehe und drehe
von Stunde zu Stunde
das silberne Rad
im Rhythmus des wechselnden Fühlens.
Der Faden wird feiner und feiner
und schimmert von Tränen benetzt.

Ich werde weben und weben
immer und ohne Ruh',
an einem Schleier sehr zart,
den ich besticke mit Rosen aus Gold,
als Zeichen der Lieb' ohne End'.

. . . MIT MENSCHEN, DIE MIR BEGEGNEN.

Jeder trägt eine Frage auf den Lippen
und schicksalhafte Zeiten
tief im Herzen.
Greife ich die Fragen auf
und taste nach den dunklen Tiefen,
dann stürzt mir vieles entgegen,
das ich in diesem oder einem anderen Leben
selbst erlitten hab',
aber worauf ich trotzdem
keine Antwort geben kann,
weil jede tröstende Lösung
nur im eigenen Herzen
geboren wird.

. . . MIT EINER JUNGEN BRAUT.

Alles um Dich her
läßt dich leicht erbeben:
die Menschen, die Dinge,
der rauschende Fall
des lang ersehnten Kleides.

Kommt er aber
und tritt voll Erwartung
neben Dich,
so hebt ein Fluten an,
daß Dich der Welt entrückt.

Und gut ist es,
daß eine vergessne Nadel
Dich nahe Deines Herzens sticht,
damit Du für Sekunden
wach und sehend wirst —
und irgendwo,
hinter dem Horizont,
Dein neues Leben
erkennen kannst.

. . . MIT EINER WITWE.

Wie verloren geht sie durch die Tage
auf den Lippen immer eine leise Frage.
Bist Du hier bei mir?
Was ist geschehen mit Dir?
Träumst Du irgendwo in weiten Fernen
jenen Traum zu Ende,
der uns einstens schenkte die ersehnte Wende?

Deine neue Welt schließt ohne jeden Laut Dich ein,
und Du hörst auch nicht, wenn ich um Dich wein'.

So sind wir getrennt durch unsichtbares Weben
und kein Wort der Liebe fällt in mein verwirktes
Leben.

Aber dennoch gibst Du mich nicht frei
und Dein Sein, wie es auch sei,
ist ein Teil von meinem Wesen,
so, wie immer es gewesen.

. . . MIT MEINEM NÄCHSTEN.

Dich soll ich lieben, wie mich selbst.
Es ist schwer, denn liebe ich mich?
Ich merke zu stark meine Unfertigkeit.
Aber ich will versuchen, Dich anzunehmen,
Dich Nächsten, in Deinem völligen Anderssein.
Tolerieren werde ich. Genügt das?
Mein Ich will ich Dir ohne Worte zu Füssen legen.
Schon trittst Du mich und merkst es nicht.
Du bist zu sehr in Deinen Träumen verfangen.
Noch einmal versuche ich es.
Wieder trifft mich ein Schlag.
Diesmal aber lächelst Du flüchtig.
Du hast mich bemerkt.
Ich bin Dir ein Lächeln wert.
Scheinbar sind wir beide unterwegs
zur Menschwerdung.

. . . MIT MEINEM HUND.

Wir sind aneinander gebunden.
Dies zeigt sich immer wieder.
Und es tut gut, es zu verspüren.
Wenn Du auch störrisch
und sehr eigenwillig Deine Wege gehst,
schon wendest Du Dich wieder mir zu
und Deine schönen Augen nehmen von mir Besitz.
Zuweilen schmollst Du.
Deine Lippen verziehen sich unzufrieden.
Da lächle ich Dich an
und alle Unzufriedenheit ist vergessen.
Am Morgen gilt Dein erster Blick mir
und ich warte schon darauf.
Wohin wir gehen, Tag für Tag,
wir gehen gemeinsam
und Deine Freude ist auch meine.
Wir sind aneinander gebunden.
Wir werden es bleiben —
auch nach diesem Leben.

. . . MIT DEN WOGEN ÜBERIRDISCHER LIEBE.

Wo Du Dich gleitend gebierst —
entsteht Leben —.
Wo Du Dich schäumend verlierst —
vergeht Leben —.
Und immer und ewig
tauchen wir suchend in Dein rauschendes Kleid —

lebend vergehend,

aber tausendfach gewiegt
von Deinem wogenden Lieben.

. . . MIT DEM SPIEGEL DER WELT.

Manche Tage meide ich es,
in Dich zu blicken.
Kein Bild soll in mich dringen
und mein erkämpftes Sein bedrängen.

Aber wohin ich gehe begleitest Du mich.
Dein Glänzen verführt mich dazu,
immer wieder Licht zu suchen.
In Dunkelheiten taste ich
nach Deinem glatten, kalten Sein
und meine Augen verzehren sich
nach Bildern einst erlebter Seligkeiten.

Aber Stunden kommen,
da meine Blicke wehrlos in Deine Tiefen sinken
und irgendwo ganz weit
mir jemand seine Hände reicht.

. . . MIT DER SANFTMUT.

Ergreife und durchdringe uns.
Nur Du kannst, im Bunde mit einem liebenden Gott,
die Welt verwandeln und unsren Geist befreien.
Du wächst als seltsam helle Blüte
an allen Orten dieser Erde.
Deine zarten Wurzeln trinken Kraft zu jeder Stunde.
Scheinen die kalten, glatten Mauern
der schieren Gewalt uns zu erdrücken,
dann sehen wir im Dämmer des anbrechenden
Morgens
Deinen blassen Samen in alle Winde stäuben
und aus großer Ferne hören wir:
„Die Sanftmütigen werden die Erde besitzen."
Da verfolgen wir vertrauend Dein stilles Gedeihen
und sehen die webenden Früchte
im leichten Winde des Geistes wehn.

. . . MIT DEM WERDENDEN APFEL.

Frühlingsbeginn ist heut'!
Die Sonne beleuchtet umfassend
von Pol zu Pol unsre Erde.
Da stehe ich unter einem kahlen Apfelbaum,
zu Füßen noch knirschenden Schnee,
halte meine Hände an den
feuchten Stamm und fühle
die Säfte, die aufsteigend sich verströmen
bis zu den winzigen Ansätzen der Äste,
in denen Du noch ahnungslos ruhst.
Wenige Monate werden verstreichen
und Du wirst Dich runden
und glänzend Deine Süße verschenken.
Wenn es da noch einen Menschen gibt,
der nicht staunend vor diesem Wunder steht,
werd' ich Dich dann gereift
in seinen armseligen Schoß legen.

... MIT DER LIEBE.

Schon in Deinem Anbeginn liegt Leiden.
Und jede Berührung kämpft um Wirklichkeit.
Ein schwebendes Ding ist in uns gedrungen.
Jede Stunde lehrt uns Unerfüllbares.
Der Geliebte ist ein leicht zerbrechendes Gefäß.
Wir haben Angst, seine Tiefen wahrlich zu erreichen.
Irgendwo bleibt er ein Fremder.
Unsre Gefühle verströmen in seinen Adern.
Wie Gefangene stoßen wir an Gitter.

Zerbrichst Du, Du Liebe,
die für Ewigkeiten geboren schien,
dann überschwemmt uns Schmerz —
aber irgendwo erwacht eine neue

F r e i h e i t.

. . . MIT EINER WEISSEN TAUBE.

Alles das wir je an Gutem
ausgesendet in das All,
bringt ein weicher Flügelschlag
Deines hellen Federkleides
uns zurück.

Alles das an Gutem
je die Welt durchdrang,
wird von Deiner dunklen Stimme
unbewußt uns gurrend kundgetan
und kehrt in
uns zurück.

Alles das uns voll von Zuversicht
in die verschwommne Zukunft
blicken läßt,
können wir in Dir erkennen,
die Du so voll Sanftmut
einen goldnen Ölzweig
mit Dir trägst.

. . . MIT EINER MÜTTERLICHEN FRAU.

Frauen gibt es,
die kein Kind empfangen,
in deren Seele aber
starke Mutterkraft verschlossen.

Einmal öffnen sich die Schleusen
und ein breiter Strom
bahnt sich zielbewußt den Weg,
der von Wärme ist umsäumt.

Jedes Ding wird davon ergriffen.
Welt und Leben ändern ihre Bahnen
und ein Glänzen kommt von innen her,
das in den Kosmos dringt.

Dort jubilieren dann der Engel Scharen
und streicheln Ungebornen
jungfräulich über ihre weichen Wangen,
voll der Freude über jene,
die das Muttersein verschenken.

. . . MIT DEM TRÄUMENDEN

Deine Welt der bunten Träume
gehört Dir ganz allein.
Niemand weiß,
woran Du offnen Auges webst.
Niemand weiß,
wie Du gerade schillernd lebst.

Legst Du das Gespinst
über eines andren Menschen Seele,
wird sie angerührt
und klingt,
zart wie die Kirchenglocken
in der Dämmerung.

Aber glaube mir,
die ich gleich Dir
in Träumen bin versponnen:

Niemand kann
Dir das Geträumte ganz erfüllen.
Niemand kann
Dir dieser Welten Rätsel je enthüllen.

. . . MIT DEM FERNEN ODYSSEUS.

Einmal werd' ich auf der Stirne tragen
einen bunten Blütenkranz.

Aufgelesen hab' ich
an manchen Tagen
sacht der Blüten viele,
da die Morgen hell
mir einen neuen Tag verkündet.

Und die Monde gingen hin
und so manches Laub erstarb.
Es wehte durch die Zeiten,
als wären diese toten Blätter
mir vom Herzen abgewelkt.

Aber einmal werd' ich auf der Stirne tragen
einen bunten Blütenkranz.

Aller dunklen Tragik Schleier,
die mit dem Wissen um den Tod
unsrem Leben gaben seine Süßigkeiten,
werden fallen in die Welten.

Deine Hand, Odysseus, wird die meine zart berühren,
und voll Schweigen wird der Himmel sein.

Denn einmal werd' ich auf der Stirne tragen
einen bunten Blütenkranz,
der Dir ohne Worte
alles deuten wird.

Von der Nacht zum Tag

Träumend und wachend, —
wachend und träumend
verschlingen sich die Tage.
Ein Kranz von Dunkel und Licht schwebt über uns.
Einst werden wir ihn an die Schwelle
ferner Welten legen.
Dann wird es sich zeigen, ob er leicht
verblüht.
Jedoch ein Zweig, der neue Triebe in sich hegt
genügt,
um reif zu sein für Ewigkeiten.

In Wahrheit sind nur jene Momente
in unserem Leben wirklich glücklich,
in denen ein Mensch zu uns sagt:
„Du hast mir geholfen.
Ich danke Dir."

Die Hilfe eines Menschen an einem Nächsten
erreicht dann ihren Höhepunkt, wenn er diesen
voll und ganz akzeptiert, mit allen seinen
Stärken und Schwächen. Also — wenn er ihn liebt.

Denn das ist es im Grunde auch was Mann und Frau
aneinander suchen — Hilfe im Menschsein.

Es gibt viele Stege.
Das Land und die Menschen sind auf die
verschiedensten Arten verbunden.
Aber es gäbe kein Leben ohne die großen,
starken Brücken der Liebe.

Alles Irreale ist Teil der scheinbaren
Realität.
Eine Trennung ist nicht nötig, denn gerade
das Verschwimmende ist Faszination und
Anreiz.
Das Leben erhält aus beiden Quellen seine
lebenswerten Säfte.

Unsere Blicke streifen dies und jenes.
Sie verweilen auf Menschen, Tieren, Pflanzen
und Dingen.
Selten können sie ruhen, denn Hoffnung und eine
unstillbare Sehnsucht nach etwas Unbestimmtem
treibt sie weiter und weiter.
Nur manches Mal verfängt sich unser Auge
und verliert sich ein wenig.
Es sinkt in das Augenpaar eines geliebten
Menschen.
Dann kann es ein wenig ausruhen.
Ein glückhafter Moment.

Die Wege unseres Lebens sind verschlungen
und zumeist unüberschaubar.
Trotz allem gehen und gehen wir, Blinden
gleichend, die nur wenig wahrnehmen können,
aber ihrem Tastsinn voll vertrauen.
Kommen wir von unserem gewählten Weg ab,
so werfen wir uns neuen in die Arme,
wie Kinder, die uraltes Wissen in sich tragen,
daß jemand ihr Gehen beschützt.

Die Natur tröstet und beglückt uns in vielen
Stunden.
Nur manches Mal verspüren wir ein wenig Trauer
darüber, daß sie sich immer und immer wieder
erneuert, wogegen nach einer kurzen Zeit des
Aufblühens unsere Zukunft altern und vergehen
bringt.
Erneuern können wir uns erst dann, wenn wir
verweht in Form und Gestalt und einzig nur
unser Geist besteht.

Viel Dunkles und Triebhaftes schlägt uns
aus der Masse der Menschen entgegen.
Es rührt an unsere tierhaften Regungen, die
wir über Millionen von Jahren nicht gänzlich
überwinden konnten.
Schwer ist es, Mensch zu werden, aber ein
einziger Funke der in uns sinkt und jene
Stelle berührt, die göttlichen Samen besitzt,
genügt, daß wir auf unserem Weg weiterziehen.
Es wurde ein wärmendes Feuer in uns entzündet,
das niemals verlöscht.

Die Welt um uns zeigt eine Vielfalt der Formen, die wir nur zu einem geringen Teil erfassen können.
Unsere Aufgabe ist es, von all jenem, das wir ertasten, einen feinen Faden zu ziehen hin zu Alpha und Omega, zum Schöpfer.
Und er legt uns die seidenen Stränge des Geistes und des Gefühls in unsere bebenden Hände, die wir zurück zur Welt spinnen müssen, um sie hinter die Dinge zu legen.
Damit bekommt alles erst diesen geheimnisvollen Schimmer, der uns beleuchtet.
Unser Antlitz wird menschlich und wir stehen aufrecht und froh in diesem Netz, an dem wir gesponnen und brauchen nicht mehr nach dem Sinn des Lebens suchen, denn wir haben zur Harmonie von Welt und All beigetragen und darin liegt er beschlossen.

Das Wort „HINGABE“ besitzt große Schönheit und Tiefe.
Können wir als fast blinde Geschöpfe mehr tun, als uns an etwas hingeben? Sei es eine Idee, ein Werk, ein Mensch...
Uns verschenken ist der Höhepunkt unserer Erdenwanderung.

Zumeist suchen wir das Glück dort, wo wir es nicht finden können.
Glänzende Stücke dessen, was wir Glück nennen, sind dort verborgen, wo wir sie hineingelegt.
Und nur dort, denn in uns ist alles beschlossen.

Teile unseres Wesens sind verstreut in den
Menschen, die uns umgeben und kennen, (oder zu
kennen glauben).
Jeder erkennt uns anders.
Würden wir alle diese Bruchstücke zu einem
Menschen zusammenfügen, könnten wir ihm nicht
mehr unseren Namen geben.
Ein uns gänzlich Fremder stünde neben uns.

Steine hier
und
Steine dort —
Der Weg durch Zeit und Raum
scheint voll von Hindernissen.
Jedoch ein freies Feld würde durch raschen
Lauf uns bald ermüden.
Der Kampf mit Hürden aber stärkt die Glieder.

Mancher Mensch strahlt etwas Unnennbares aus,
das uns in bebende Erwartung versetzt.
Bevor es aber unsere Sinne erreicht, verlöscht
es knisternd und läßt in uns eine leichte Kühle
zurück.
Scheinbar ein verlorenes Stück Glück.

Die Wandlungen eines Tages gleichen dem Ablauf
unseres Lebens: —
helles, einbrechendes Licht verliert sich über
strahlende Höhepunkte im Dunkel der Nacht.
Aber ein neuer Tag wird anbrechen —
mit oder ohne uns.
Darin liegt die Stärke und Kraft der Natur.

An der Form der Hände,
die sich uns entgegenstrecken,
kann man schon den Grund ihrer
Geste erkennen:
bittend oder dankend,
ergreifend oder abstoßend,
oder
sich lautlos öffnend
für Alle und Jedes.

Setzt man die Teile eines Traumes
aneinander, so entsteht
ein Bild unseres Unterbewußtem, das uns
Wegweiser für den Tag sein kann.
In uns sind die Kräfte anders verteilt,
aber sie besitzen noch stärkeren, angeborenen
Instinkt, der nicht durch das Licht des
Tages verblaßte.

Die Ströme fließen ohne Rast und sind Urgrund und
Ziel jeder Quelle und Mündung.
Unser Leben sollte in ähnlicher Weise vergehen.
Harmonie wäre die Quelle unseres Seins und
sein Ziel die Gewißheit um das Meer der
Unsterblichkeit.

Man sollte glauben, daß die Mütter dieser
Welt, die uns verlassen mußten, sich in
den unbekannten Fernen an den Händen haltend
einen großen Kreis geschlossen haben.
Und in diesem Kreis umfangen sie noch immer
das Leben ihrer Kinder —
liebend
beschützend
wärmend.

Die Stille weiß um jene Wege, die in das Innere der Menschen führen.
Ist sie am Ziele angelangt, bereitet sie den Boden für Gefühl und Geist.
Und lautlos wird die Saat gelegt.
Und lautlos ist das Wachsen und Gedeihen.
Die Früchte tragen ein ruhiges Antlitz und bezeugen so die große Kraft der Stille.

Die Göttin Eos hebt Dir den Schleier vom Gesicht.
Manche Menschen beglückst Du mit Deinem lichten Schein.
Manche aber seufzen tief, wenn Du Dich aus dem Osten hebst und gehen ihren schicksalsträchtigen Verstrickungen entgegen.
Glück und Trauer fallen aus Deinem Schoß, der unbeirrbar Tag um Tag gebiert.

An manchen Tagen scheint das Trübe über uns hereinzufallen, als hätte es schon lange irgendwo darauf gewartet.
Es umhüllt uns dann in einer solchen Weise, daß unser Atem nur mehr mühsam durch diese Wand nach Luft sucht.
Plötzlich aber leuchtet etwas auf. Ein Licht erglimmt und wird größer. Es kommt uns näher. Es zerreißt die diffuse Wolke um uns.
Wodurch geschah dies?
Ein Mensch ist uns begegnet.

Im Spiegel meines Lebens
leuchtet eine vollerblühte Rose.
Ihre Dornen haben mein Herz zerstückt.
Aber sinkend umfängt mich ihr Duft.

An einem Wintermorgen in Eisenstadt sah ich trotz
eisigem Sturm aus den Weiten des Ostens,
im grellen Sonnenlicht auf den vereisten
Hängen süße Trauben glänzen.
Meine Erwartung zauberte sie an die vertrockneten
Reben.
Und in den Farben der bunten, mittelalterlichen
Fresken des Rathauses erblühten jene Blumen
des Schönen, die ich im Frühling zu einem Strauß
gebunden an den Himmel verschenken möchte.

Um einen Edelstein zu finden, bedarf es
des zähen, ausdauernden Schürfens.
Sie sind dünn gesät.
Der Fund einer glitzernden Kostbarkeit
erfüllt uns mit staunendem Glücksgefühl.

Ähnlich ergeht es jenem, der in dem
Gewühl der Massen auf einen wertvollen

Menschen

mit warmem Herzen stößt.
Das Schürfen hat sich gelohnt,
und das Innere jenes Menschen erglänzt
uns reiner, als der größte Diamant.

Wir gleichen den Dünen des Sandes:
der Wind treibt uns dahin,
wir bilden Berge ohne Widerstand —
und wissen nicht um Ende und Neubeginn.

In den Augen des Geliebten
liegt jenes Land,
das zu erobern nur mit
den Waffen des Herzens gelingt.

In den Nächten ist die Musik des Lebens leiser.
Aber in der dunklen Stille sammeln sich die
Kräfte für den Tag.
Mit dem ersten Morgenrot setzt ihr vielstimmiger
Chor ein und beginnt erst in der Abenddämmerung
langsam zu verklingen.
Alle Menschen wirken mit und jeder singt sein Lied.
Dieser Gedanke müßte eigentlich eine viel
stärkere, friedlichere Zusammengehörigkeit
bewirken.

Die karge Distel weiß es lange schon,
daß leise Demut vor dem starken Blühen
in den erdenreichen Beeten
den trockenen, zerrissnen Grund,
der sich den eignen Wurzeln bietet,
zur Heimat werden läßt.
Die wahren Weisen wissen in Bescheidenheit
den ihnen zugewiesnen Platz zu füllen.

Die rote Rose,
Sinnbild der Liebe,
zeigt uns die rasche Vergänglichkeit
jeglichen Gefühls.
Denn —
nach kurzem heftigen Blühen
fällt Blütenblatt um Blütenblatt
und ein lidloses Auge
starrt uns verzweifelt an.

Das liebende Du
ist das Tor zu einer glänzenden Welt.
Sternenhorden stürzen ins Herz.
Süß duftende Blumen bekränzen die Stirn.
Würzige Kräuter füllen die Hände.
Die Augen versinken in wärmende Tiefen.
Den Leib säumt golden eine neue Sonne.

Glücklich jener, für den sich dieses Tor
öffnet.
Und sei es auch nur für einen Augenblick.

Der einsam ist,
der geht nach innen,

denn alles Außen wird ihm fremd.
Und tief in seinem Innen
da tun sich neue Brunnen für ihn auf,
die kühlend seinen Mund benetzen,
der jeder Sprache schon entwöhnt.

Der einsam ist,
der geht nach innen

und findet Tröstung dort.

Bunt und schön
ist Welt und Leben,

jedoch —

die Buntheit und die Schönheit
erreichen jenen Menschen nur,
der sie auf vielen
krummen Wegen suchte,

um sie an einen Nächsten
zu verschenken.

Das Meer unserer Gedanken wogt aus den klaren
Fernen des Verstandes gegen die besonnten
Küsten des Gefühls.
Schäumend berührend
und
schäumend entschwindend.
Aber kleinste Teile der Küsten mit sich
tragend an den lichtgesäumten Horizont.

Lange Schatten
spielen um unsher
und es könnte scheinen,
daß wir unerhellt
bleiben müssen
bis ans Ende unserer Tage.

Lange Schatten
aber werden nur
durch Licht geboren
und so laßt uns suchen
diese Helle,
die Leben erst zu Leben macht.

Dichte Masken verbergen uns.
Sind wir der Abgeschlossenheit müde
legen wir sie ab
und bieten unser Gesicht dem Licht.

Dann kann es geschehen,
daß die Furchen der Tränen aufbrechen
und uns überfluten.

Rasch greifen wir wieder zur Verhüllung,
denn was wir erleiden
duldet kein Licht.

Das königliche Spiel ist grausam.
Ein jeder Zug zielt nur auf die endgültige
Bewegungslosigkeit des gegnerischen Königs.

Und die vorgeschobenen Bauern,
die behenden Pferde,
die eilenden Läufer,
die starken Türme, —

sie alle fallen und reißen ihre Dame
mit in den Abgrund.

Was bleibt, ist ein Feld von Besiegten
und ein schachmatter König,
den die Dünste des Todes umwehen.

Dem Sieger gelüstet es nach neuem Kampf.

Das königliche Spiel ist grausam,
doch nur ein Spiel...

Manch einer will träumen da,
wo der Schleier schon lange zerrissen
und
Grellheit sich breitet
und alles verschlingt.

Aber muß er nicht fassen
dies dünne Seil des nur innen Erlebten,
wenn er das Außen überstehen soll?

Die Jahre verschlingen uns gleich einem
riesigen Tier, dessen Hunger unstillbar.

Was wir Menschen als Waffe gegen diesen Moloch anwenden können sind die Momente stiller Besinnung.

In ihnen sind wir unangreifbar und sie weiten die Zeit.

Die Scherben zerbrochenen Lebens häufen sich zu Bergen.

Aber irgendwo ragt eine zerrissne Fahne
aus den kalten, glatten Gründen und
mit bebender Hand hat ein Mensch auf sie

H O F F N U N G
geschrieben.

Betritt ein alter Mensch die Schwelle zum Jenseits, trägt er mit sich, sorgsam verwahrt in seinem gebrochenem Herzen, die Ernte lang gelebten Lebens.
Seine Vergangenheit ist erfüllt.
Vieles erreichte er, das er erwünschte.
Vieles blieb als leichter Traum in ihm bestehen.
Gott hat ihm Zeit geschenkt.

Ein junger Mensch zieht mit sich seine Kindheit, die voll Sehnsucht war und ist erfüllt von Wünschen und Unerreichtem, das ihn gleich einem weiten, buntschillernden Mantel umflattert.
Eine starke Unruhe treibt ihn weiter und weiter.

Und nirgends wird er Erfüllung finden.

Nur Stille ist es, die ihn erwartet.

Laßt uns zu den Waffen greifen!
Die Revolution ist nicht mehr aufzuhalten.
Da und dort stehen Menschen die nicht mehr warten
wollen — nicht mehr warten können.
Ihre Waffen sind scharf geschliffen und in vielen
dunklen Jahren unter Blut und Tränen gehärtet.
Es ist der G e i s t, der in uns allen wohnt
und es gibt kein Schwert auf dieser Welt, dem mehr
Kraft innewohnt, als ihm.
Wir steigen auf die Barrikaden und rufen es laut
in die Welt hinaus:
Frieden im Zeichen des Geistes!
Betet und dichtet!
Malet und singet!
Liebet und hoffet!
Bauet und schöpfet!
Laßt uns zu den Waffen greifen, mag der Sieg auch
noch in Fernen liegen.

In mancher heller oder dunkler Stunde
befruchtet eine Idee den tief verborgenen Samen.
Die Frucht wuchs.
In schwarzen, feingliedrigen Lettern bedeckt sie
nun dünnblättriges Papier.
Umhüllt und eingebunden in feines Leinen liegt
das Kind, das Buch, dann in den Händen des
Verfassers.
Dieses Kind zeigt sich so, wie er es bestimmte.
Nichts ist dem Schicksal überlassen gewesen.
Es ist sein Buch-Kind.

Unser Mut gleicht einem hohen
Flaggenmast.
Zuweilen ist er tief gebeugt, wie unter
einem starken Sturm.
Die Seile bluten und die Flagge ist getränkt
von ungeweinten Tränen.
Aber Sturm und Blut und Tränen
sind Nahrung ihm
und stärken immer wieder seine Kräfte.

Was wir in uns tragen sind die Früchte der
Vergangenheit, die wir immer wieder voll
Hoffnung in die Erde der Zukunft betten,
um große, runde Körbe voll erfüllter Wünsche
ernten zu können.
Wir vergessen darüber all zu leicht die
Zeit des Blühens und Reifens — für uns die
Gegenwart — voll zu genießen.

Wir wollen weise werden
und Flügeln tragen,
um irgendwohin zu fliehen,
um dort irgendwie und neu
glücklich zu sein.

Und jene, die Schwingen haben
nützen sie nicht.
Sie wollen nirgendwohin.
Sie suchen kein Glück,
das es noch nicht gab.

Sie gehen ganz leise
und ziehen um uns ihre Kreise.
Sie sind wahrhaft weise
und tragen das Licht
des Himmels in sich.

Es kommt vor, daß sie
bei uns verweilen und lauschen.
Ihre Gewänder rauschen
und ihre kühlen Wangen
sind von Tränen betaut.

Eine Mutter die ihr Kind verlor,
geht durch die Straßen,
als wäre nichts geschehen.
Ihre Hände pflanzen,
werken, als gelte es
ein Morgen auszufüllen.
In ihrem Herzen aber
nistet Tod und seine
Düsternis und dort
gibt es kein Morgen mehr.

Die Fäden, die uns an Welt und Leben binden
sind leicht zerreißbar.
Sie sind so verletzlich, daß ein zerrißner Faden
alle anderen in Schwingungen versetzt, die uns
auf die Dauer völlig aus der Bahn werfen
können.
Wir bewegen uns dann unharmonisch und das
Gestränge
unseres Daseins wird immer unstabiler und
verworrener.
Bis einer kommt und mit einem scharfen Schlag
alle Stränge durchtrennt.
Wie sinnlos gewordene Fühler umgaukeln uns dann
die traurigen Enden unserer Seins.
Werden sie sich je wieder formieren?
Und wenn ja, wie?

Wenn der Mensch einst seine Endlichkeit durch den Geist überwunden haben wird, könnte er unendlich schaffen und formen, aber es ist zu befürchten, daß er diese Unbegrenztheit genau so wenig nützen wird, wie seine Sterblichkeit.
Denn um die kurze Spanne unseres Lebens zu wissen, müßte zu größt-möglichen Bemühungen Anreiz sein.
Aber viele Menschen, man kann ruhig sagen die meisten, sind schon zufrieden, wenn sie sich die Zeit mühelos v e r t r i e b e n haben.

Frühlingsgärten
gleichen werdenden Müttern:
der Same ist gelegt.
Und nun träumen sie blühend
der Frucht entgegen.

Manche Stunde
gleitet wie süßer Wein
durch unsre trockne Kehle.

Die Sinne werden erwärmt
und jedes Gefühl intensiver.

Genießen wir zu rasch,
versinken wir in blinder Berauschung.

Deshalb müssen wir lernen,
Glas um Glas bedachtsam zu leeren.

Dann bekränzt uns schmückend
das traubengereifte Laub
und Beere um Beere
zerschmilzt labend
uns im Munde.

Die Gefühle, die uns von unserem Nächsten
erreichen, sind schon leicht verändert,
wenn sie in uns sinken.
Um gleichgestimmt zu empfinden, bedarf es
engster Berührung, größter Stille und
vollkommendster Bereitschaft.

Wenn sich eine Hand uns liebend und
helfend bietet,
bedarf es nicht der tatsächlichen Berührung.
Das geheime Wissen um sie schenkt
schon Kraft und Zuversicht.

Vielleicht künden uns die Vögel
mit ihrem Gesang was wir tun müßten,
um gleich ihnen
fliegen zu können.

Wir aber verstehen ihre wohllautende
Sprache nicht

und bleiben für immer der Erde verhaftet.

Liebend gehen wir durch die Tage.
In uns stets die leise Frage:
wird es auch Früchte tragen?

Und in manchen Stunden hören wir's sagen:

„Jedes Fühlen
schenkte ein Blühen".

Da glauben wir, Hafis rote Tulpen wogen zu sehn,
die allen Menschen von Sulamids Liebe künden,
die an seinem Grab vorübergehen.

Eine windstille Stunde in der Natur
ist so,
als hielte Strauch und Baum den Atem an,
um die Vergänglichkeit
für eine kurze Zeitspanne
zu besiegen.

Die Spiegelung unseres Wesens auf
dem tauglitzerndem Zweig einer Fichte,
in den Staubgefäßen der zartblauen Veilchen,
in den silbernen Rillen eines Grashalmes,
auf der gemaserten Oberfläche eines Steines,
in einem von Mücken leicht bewegtem Teich,
auf den schimmernden Schuppen einer dahineilenden
Forelle,
im Auge einer leichtfüßigen Amsel —

das ist Welt
und dort können wir uns in Stille finden.

Man darf nicht erwarten,
von jenen Menschen erkannt zu werden,
die ein ganz anderes Bild
vom Leben in sich tragen.

Die Bilder können
und dürfen nicht vertauscht werden,
denn ihre Vielfalt
ist Teil der Faszination
des Lebens.

Aber begegnen sich Menschen,
aus deren Rahmen Gleichgesinntes leuchtet,
dann hat sich langes, mühevolles
Suchen gelohnt.

Die bereiten Sinne mancher gleichen geöffneten
Toren die zum Durchschreiten reizen.
Neuland breitet sich in Tiefen und Weiten und
jeder verschenkte Gedanke bringt eine Saite
zum Erklingen, deren Töne die Lüfte zart
durchwebt.
Die Füße berühren weichen, samenträchtigen
Grund und die Hände dünken sich von
Menschlichkeit ergriffen.
Und so viele Tore sind bereit, um zu empfangen,
und so wenige besitzen Mut und Kraft dazu,
durch sie zu gehen.

Unser erster Schrei
ist scheinbar nur Beginn.
Der Tod ist neues Werden.
Eingebettet in die Ewigkeit
empfängt unser Handeln Sinn.

Der Mann:

Ich trage Dich auf den Händen,
aber nackt und bar jeder Verzauberung,
denn ich bin stark
und will frei sein.

Die Frau:

Tue es.
Ich aber werde lieben,
weil ein Gott es mir befahl.

Ich gehe
und lebe.

Die Ziele glaub' ich zu kennen.
Die Wege, sie scheinen vertraut.

Sonne schenkt sengend
das Mal des Lebens mir.

Schatten verweilen kühlend
auf meinen unwissenden Händen.

Mancher Schleier hat sich gehoben,
doch blind war mein Auge den Schätzen.

So vieles war wissend um mich,
aber wenige Tore öffneten sich mir.

Und dennoch —

Ich gehe
und lebe.

Alles,
das jemals Gedachte
ist Erde
aus dem die Weisheit blüht.

Rose gelb und Rose rot.
Rose
der ich keinen Namen geb'.

Liebe stark und Liebe heiß —
Liebe
für die Zeit, die ich noch leb'.

Tor um Tor zur Tiefe des wahren Lebens öffnend,
fallen die Hüllen unserer Verkleidung
und
nackt und bloß
stehen wir am Horizont der Menschlichkeit
und
legen unser blutendes Herz
vertrauend in die Hände unseres Schöpfers.

Singe —
aber singe so,
daß Deine Lieder
zu den Herzen dringen,
sie öffnen und bereit machen.
Daß sie Hoffnung schenken.

Singe —

Du zartblättrige Seerose
bist wie ein wächsernes
Sinnbild der Schönheit.

Und doch weht Atem in Dir
und eine unbekannte Kraft
trägt Deine große hellrosa Blüte
auf einem langen, goldbraun
schimmernden Stengel.

In Deinem Inneren sah ich aber
eine Träne glänzen.
Die Dich schenkte weinte
sie heimlich um Verlorenes.

So liegt glückhafte Vollendung
und tiefe Trauer sich so nah
und findet Platz
auf einem schmalen Blütenblatt.

Warum Ihr Götter,
habt Ihr dem Dichter und Sänger Demodokos
das Licht der Augen geraubt?

„Damit er den Weg in sein Inneres, an
das Dunkel gewöhnt, leichter zum
Herzen findet."

Die Toten schlafen.
Sie ruhen im Land des Geistes.
Und sie wissen nicht um unsere Bedrängnisse.

Störet nicht ihr wohlverdientes Fernesein.
Sie haben das Leben überwunden
und erwachen erst am
Tage des großen Lichts.

Ihr Sänger
singet
und bauet
an einer neuen, schöneren Welt.

Die Menschen sind des Gesangs bedürftig
durch alle Jahrtausende hin,
aber niemals so sehr wie heute.

Dunkle Zeichen
füllen unsren Leib.

In manchen Stunden
leuchten sie auf.

Magisch erhellen sie uns
und werden zum Mahnmal

unsrer Vergänglichkeit.

Gehe in Dich
aber verliere nicht
den seidnen Faden
zur Welt.

Diese Welt ist ein Labyrinth
und das Außen
und Dein Innen
sind unergründlich.

Gehe in Dich
dort liegt der Vorrat
an Geduld und Kraft
um

ans Licht

zu gelangen.

Zärtlichkeiten sind wie tiefe Brunnen.
Was aus dem Dunkel
rauschend aufsteigt
benetzt kühlend unsre Stirne,
überfließt unsere Augen,
gleich ungezählten Tränen,
füllt unsere heißen Hände
und dringt durch unseren Mund
in unser Inneres.

Der ohne Zärtlichkeiten lebt
ist ein Dürstender
an Leib und Seele,

denn

Zärtlichkeiten sind wie tiefe Brunnen.

Und die Brunnen sind
der Erde Labung.

Wenn eine Frau still durch die Tage geht
läßt sie da und dort
ihr Taschentuch fallen.
Ein purer Zufall ist es, wenn es ein Mann findet
und auch noch aufhebt, um gleich wieder weiter
zu gehen.
Dennoch läßt sie es immerwieder voll Hoffnung
fallen...

Schweig, du mein heißes Herz.
Der Verstand ist aufgerufen
und er bewegt die Welt.

Was höre ich laut Dich sagen:
„Niemals sollt Ihr den Kopf,
stets nur Eure Herzen fragen."

An manchen Tagen
branden hohe Wogen
an das Ufer meines Herzens,
die es zu überschwemmen drohen.

Dann wieder folgen Tage,
da sich sanfte Wellen
in mir verlieren
und bunte Muscheln,
naß und kühl,
in meine Hände spülen.

Bangend suche
ich dann am Horizont
nach neuer, schäumender Flut
und bin bereit,
mich ihren Kräften darzubieten.

Nur wer den Stürmen trotzt,
wird sich beglückt
seiner Stärke bewußt.

Jene Liebe,
der wir keinen Namen geben dürfen,
ist das Schiff,
das uns mit den Wolken segelnd
in neue Himmeln führt.

Die Stunden fallen
wie welke Blütenblätter
in die Zeit.

Sie werden — Vergangenheit.

Nur ein leiser Duft
bleibt in uns zurück — Erinnerung.

Wenn Nacht zum Tag sich wandelt,
überzieht Morgenröte
schimmernd das Firmament.

Wenn der Mensch zum Menschen reift,
erfüllt Helle seine Seele,
die Welt und Leben aufleuchten läßt.

Hinter den Dingen da liegen die Schätze.

Im saftig grünen Gras funkelt ein glasklarer Tropfen des Taues.
Ein heller Farn wiegt sich graziös im leichten Wind.
Es gleicht einem Tanz von unerreichter Schönheit.

Ein weißblühendes Unkraut weckt Träume an die Kleider junger Bräute, die voll Vertrauen in die Arme ihres Geliebten stürzen.
Die Fichten halten ihre dunkelgrünen Wipfeln dem Himmel entgegen und glauben, ihn einmal in einer gesegneten Stunde berühren zu können.
Über allem schwebt eine schmale, silbrige Wolke und sie ist es, die die Träume hinter den Dingen entfachte.

Das Gesicht des Geliebten
ist eine vertraute Landschaft.

Wenn es auch Stürme
der Schmerzen
oder jene der Freuden bewegen,
oder Ströme von Tränen
lautlos beregnen —

irgendwo steht ein Haus
auf festem Grund,
und über seinem Tor
haben wir die Fahne
der Liebe gehißt.

Im Frühling unsrer Liebe
umgabst Du mich
wie ein blühender Strauch,
der zärtlich meine Wangen umwehte,
und mit seinem Duft
mich des Atems beraubte.

Im Sommer des Lebens
war Gluthauch in uns
und jeder Same
drängte voll uraltem Wissen
der Früchte entgegen.

Da nun der Herbst gekommen
fällt lautlos manch buntes Blatt
ein wenig traurig zu Boden
und nur die Ernte des Lebens
tröstet uns sachte über das kommende Vergehen.

Wenn dann der Frost die Äste beglänzt
füllt kaltes Licht Deine Äste
und schwarze Schatten bedecken das Herz.

Dennoch wird unser Lieben wieder und wieder
erblühen, denn ein liebender Gott hat die Kraft uns
verliehen, und sein Antlitz wiegt sich stumm

in den Zweigen des Strauches.

Herr,
gib uns das tägliche Brot.

Herr,
liebe uns ohne Ende.

Ohne Brot
verhungern wir.

Ohne Liebe
lohnt es sich nicht
unsren Leib zu ernähren.

Verhaltne Liebe
gleicht einem großen Baum
dessen Äste
uns ins Herz eindringen.

Und wenn die Amseln
in den Zweigen
leise singen,
glaubt man
alles sagen zu müssen.

Doch heimlich
bleibt der Blätter
scheues Küssen
und immer wieder
wehen sie und wehn.

Aber wenn es Zeit wird
kann man süße Früchte
fallen sehn
und sie stürzen
leise lachend
in unsren dunklen Schoß.

Niemand gibt uns das Recht,
zu fragen.
Wir müssen unser Schicksal
still ertragen.

In uns ist alles schon
lange geschehen.
Nun heißt es, den Weg
zu Ende gehen.

Ein Tag wird kommen
da werden die Himmeln
brausend in die Meere stürzen.

Die Berge werden zerbrechen
und müde geworden
ihre Gipfeln fallen lassen.

Ein Tag wird kommen
an dem die Tiere
mit geweiteten Augen in die Erde versinken.

Und in den kahlen Wäldern
wird der Schrei der Menschheit wohnen,
wie eine letzte Frage.

Die Menschen reden …
Die Engeln lauschen — —

Manch' einer der Hellen lächelt.

Viele aber wenden sich ab
um ihre Tränen zu verbergen …

Was nützt den Wesen und den Dingen
alles Sein,
wenn ich, der Mensch nicht sage,
daß es ist?

Fremde zum sprechen zu bringen,
einfach weil man seine Gedanken
in sie fallen läßt
ist,
als ob man Tore öffnen würde,
die neue, niegesehene Landschaften
verschlossen hielten.

Ihr Blumen seid die bunten Zeugen
schöpferischer Fantasie.
Aus Eurem Inneren quillt immer
wieder neuer Samen
und man denkt an keine Begrenzung.

Vom Himmel fallend tränkst Du, Regentropfen, die
Erde,
die dürstet.
Du reist mit den Bächen und Strömen
und mündest im Meer.
Im hellen Morgenlicht als leichter Dunst
auferstehst Du, um wiederzukehren.

Braust der Föhn warm und schwer über die Fluren
bricht manches Menschen Herz.
Die Tiere aber strecken die erstarrten Glieder
und es dünkt sie, ein Wehen des fernen Frühlings
zu streifen.

Durchsetzt mit eisigen Körnern fällt der Winterregen
zur Erde und befeuchtet das tief verborgne Korn.
Wenn Du auch kalt Dich schenkst, so weiß doch
jeder vertrocknete Halm um Deine Notwendigkeit
und niemand wird gieriger aufgesaugt, als Du,
der Du mitwirkst an dem kommenden Blühen.

Durch die Natur
spricht GOTT zu uns.

Versuchen wir,
stille zu sein,
um nichts zu überhören.

Ein Dichter hat mir einen Gedanken geschenkt.
Dieser Gedanke ist sehr tröstend: —
daß ein Liebender in einen Engel verwandelt,
sich über große Entfernungen hinweg dem geliebten
Menschen nähern könne,
um ihn zu beschützen und vor Unbill zu bewahren.

Deshalb:

liebet und Ihr werdet einem Engel nahe sein.

Die Zeit sinkt in die Ewigkeit.
Sie füllt den unmeßbaren Kosmos.

Wir versuchen, sie mit unseren Uhrwerken
zu zerhacken und ihr Namen zu geben,
die an ihr abgleiten
gleich müd gewordenen Atomen.

Die Zeit umfängt uns
und sie, die Schattenlose,
trägt uns ohne Rast
fort aus jenem,

das wir Leben nennen.

Die Räume,
in denen wir leben
sind für uns Landschaften,
die ihre Formen und Farben
durch unsere Seele erhalten.

Mancher Mensch
lebt in schwarzen Wäldern,
mit Wiesen aus zerbrochenem Glas
über denen sich ein Himmel spannt
der nicht müde wird,
zu weinen.

Und diese Tränen
fallen glühenden Steinen
gleichend zur Erde
und löschen jedes Leben.

Heilet die Seelen
der Menschen
und damit
das Gesicht der Welt.

Gestern sah ich den Strom
Teile meines Herzens
mit sich tragen
an die fremdgelegnen Ufer.

Leergeworden brannte
es in meiner Brust
und ich faßte
kühlend in das Fließen.

Da erklang
in mir ein seltsam schönes Saitenspiel,
dem ich nun
ohne Ende lausche.

Geborgtes Glück
liegt zitternd in den Händen.
Es zerflattert leicht —
irgendwohin.

Schon wund
ist es in Stunden voller Glanz,
denn tief im Innern
tönt der Abschied.

Und dennoch —
Du geborgtes Glück
bist strahlend, wie sonst keines,
weil die Wunden künftiger Tage
den durchlebten Augenblicken
jene süße Kraft verleihen,
die uns bebend alles leicht
vergessen läßt.

Zerflattere irgendwohin —
heute und jetzt bist Du noch mein.

Was wir Dir sagen wollten —
Der Frühling ist gekommen.
Er hat uns mit hellem Grün umhüllt
und bunte, kleine Blüten sprießen,
so hell und klar,
als hätte Eis und Schnee
sie reingespült von allem Fehl.

Die Bäume und Sträucher rauschen noch nicht.
Sie flüstern nur.
Aber ihr Flüstern kündet uns glänzende Fülle.

Die Welt ist neu und prächtig
und wir wollen uns
in ihrer Schönheit wiegen,
wie all die jungen Knospen.

Was willst Du uns sagen?

Wir hören es nicht —
die erwachte Erde
liegt zwischen uns.

Wer fragt
wie er Kräfte seiner Seele findet,
um sie an andere zu verschenken,
hat die Frage bereits beantwortet.

Wer Gott sucht
erschafft ihn.

Stunde um Stunde atmen wir in Dunkelheit.
Schlaf, der kleine Tod, wiegt uns in seinen Armen.
Unsre Träume steigen aus dem Unbewußten
und ziehen an uns, sonderbar verschleiert, vorüber.
Erwachend dünken wir uns neugeboren und
bieten immer wieder unser Antlitz dem Licht.
Mag kommen was wolle.
Wir müssen und wir werden es ertragen.

Jedes Erleben
ist eine Lektion.
Nur was uns weiterführt
trägt Sinn.
Nichts ist aber sinnlos.
Also — gehen wir weiter
auch bei scheinbarem Stillstand.

Wenn uns die Himmeln fern und leer erscheinen
kommt dies wohl daher,
weil wir sie nicht genügend füllen.

Die Liebe gleicht einer Wiege
in der wir scheinbar
ahnungslos dahinschlummern.

In Wahrheit arbeiten
wir unsre Erfahrungen
aus Urzeiten in Stille auf
und berühren zärtlich
die Ahnung Gottes.

Verschließen wir uns dem Schmerz,
lassen wir jenes Seil los,
das uns dem Glück entgegenschwingen würde.

Die Millionen der tastenden Menschen,
die Gott suchen,
sind wie ein riesiges Spinnenheer,
das seine Fäden zieht.
Das Netz verdunkelt zwar
die sichtbaren Dinge,
aber es läßt dadurch
die unsichtbaren
immer mehr aufleuchten.

Liebende gibt es —
die Welten trennen
und nur Träume
sanft vereinen.
Sie tragen ferne Himmeln
in den Händen,
die lange leer und kühl gewesen,
und wissen um der Liebe
höchstes Ziel —
den Körper zu vergessen.

Bauen wir an der Vision
einer Welt, die vom Geist
stärker und stärker erhellt wird,
dringt Licht in uns
und die Vision
w i r d zur Welt.

Mancher Mensch trägt eine Kerze
und bewahrt ihren flackernden Schein
mit zärtlichen Händen.
Was nützt es ihm, wenn keiner
sich daran
erwärmen will?

Es genügt nicht,
wenn wir etwas aussenden.
Nur das Echo,
das zu uns zurückkehrt
schenkt uns Leben.

Würden mehr Menschen ihr Lächeln verschenken,
an irgend einen Nächsten,
gäbe es auf der Erde
mehr Reiche als Arme.

Im Reich des Geistes
gibt es keine Einsamkeit,
denn GOTT wohnt dort.

Mache Dich auf die Suche nach Deinem
zweiten Gesicht.
Gehe in jene Räume, die Du noch nie betreten.
Nicht die Dinge betrachte, die Du befühlen kannst,
sondern schürfe nach ihren Hintergründen.
Die Schatten, die sie werfen, sie sind es, die Dich
erleuchten können.
Die Dunkelheiten nütze, denn in ihnen verwahren
sich die Mysterien.
Die Düfte sammle und schließe sie zu einem Strauß.
Die Süße einer Beere lasse auf Deinem Gaumen
ruhen.
Den reinen Blick eines Tieres nimm in Dein Herz
auf und bewahre ihn sorgsam.
Das leise Wehen des Windes laß' ein in Dein Haar
und trage es als unsichtbares aber schmückendes
Band.
Dem Licht des Mondes biete Deine Stirne, auf daß
sie sich glätte.
Die Küsse, die Dir Liebende schenkten, sollen
Deinen Mund bereit für neues Fühlen machen.

Jene, die Du geliebt und verloren an das Unbekannte, sollen auf den Wegen mit Dir gehen, denn sie wissen mehr.
So wirst Du für das Unsichtbare Dich bereit machen und eines Tages wirst Du die andere Hälfte des Lebens erblicken und Staunen und Beglückung wird über Dich fließen.

Mache Dich auf die Suche nach Deinem zweiten Gesicht.

Das weiß ich-
von dieser Erde bist Du nicht mehr.

So habe ich mich den Wolken und Lüften vermählt-
habe Zwiegespräche mit den Sternen gesucht-
habe Dunkelheiten durchmessen-
habe Licht in neuer, noch nie empfundener Weise
über mich fluten lassen-
habe neuen Horizont erglänzen sehen-
habe alle Grenzen zersprengt ...

Aber immer neue Hindernisse taten sich vor mir auf

und ich fand Dich nicht.

Das weiß ich nun-
Du gehörst niemanden,
denn mein bist Du
in alle Ewigkeit.

Reflexionen

DAS FELD.

In uns liegt alles!
Stein und Blume.
Unser Feld ist groß.
Jedoch wir ernten viele Disteln.
Aber wir nähren damit die geduldigen Eseln.

Habt Mut und säet Güte.
So mancher wird sich damit sein Herz stillen.
Und aus den Steinen werden Blumen knospen und
unser Feld wird reiche Früchte tragen.
Auch die geduldigen Eseln werden nicht vergessen
    sein
und leise und zufrieden die fruchtbare Erde
    stampfen.

OSTERMORGEN.

Der Morgen sprach zum Tag:
„Komm und vollende, was ich so hell und weich begonnen.
Schenke den Stunden Dein starkes Licht und die wärmenden Strahlen Deiner hochstehenden Sonne.
Mache die Erde stark und dem Blühen und Fruchten bereit. Küsse den Tau von den zarten Knospen, auf daß sie sich öffnen und weiten.
Berühre alle Menschen mit Deinem lichten Wehen und lasse sie durch Dein Licht die rechten Wege finden.
Schenke den Tieren Nahrung und Frieden, damit auch sie teilhaben können an den Freuden Deiner Stunden.
Und lege auf Jegliches die Zuversicht der Wiederkehr."

EIN VERSCHNEITER BAUM.

Deiner Blätter und Früchte bist Du beraubt,
aber Du wurdest reichlich entschädigt.
Nun bedecken Deine Äste Polster aus weißem,
weichen Schnee so sorgsam, als müßten sie
Dich vor Kälte und Unbill beschützen.
Hie und da in Deinem Geäst haben sich bizarre
Formen aus durchsichtigem Eis gebildet, die nun
in Zacken und langen, schmalen Gebilden aus
kühlem Nichts Dich umgeben.
Das Licht verfängt sich in ihnen und läßt sie
aufleuchten. Es wurde Dir himmlische Helle
geschenkt, um Dich mit der starrenden Kälte zu
versöhnen.
Und wisse: — Du wirst trotz allem wieder blühen.

FLIESSENDES.

Einer saß am Ufer eines breiten Stromes. Seine nahe und auch die ferne Vergangenheit lag, gleich einem schwerem Stein, auf seiner Seele.
So sehr war er belastet und bedrückt, daß er seinen Blick nicht in die Zukunft wenden konnte.
Da sah er eine weiche Welle sich ihm nähern und sie sprach zu ihm: „Warum bist Du so starr und bang? Nimm dir ein Beispiel doch an uns und unsrem Strom. Alles gleitet hier und fließt. Wir berühren kosend die Ufer, jedoch die wir jetzt noch umschmeicheln, haben wir bald schon verlassen, um fernere zu umspülen. Auch der Himmel ist jeden Tag ein neuer für uns. Oft versuchen die Wolken mit uns zu ziehen, aber wir verlieren sie eilend."
Schon war die Welle an dem Einen fast vorbei, als er noch leise ihr tröstendes Plätschern hörte:
„Und Du wirst münden."

DER TRAUM IST LEBEN.

Sie trägt vieles in sich. Einen überdimensionalen Bilderbogen. Bunt. Wogend. Nicht Bild an Bild gereiht, nein, sich überflutend. An manchen Stellen aufsteigend in gleißenden Wogen. Verstäubend in weißer, schäumender Gischt.
Dann Zeiten des Verebbens. Glättende Stille. Die Geschehen verhüllt von weichen Nebeln, unschaubar und beunruhigend, fliehend der tastenden Hand, gefolgt von Stunden des Aufbruchs, der Klarheit schafft.
Ihre Träume verbergen sich hinter dem täglichen Geschehen. Treten sie ins Bewußtsein, spielen sie Realität. Dann kann es geschehen, daß sie, wie einst, sich neben ihrer Mutter leben fühlt, als wäre nichts geschehen. Man denkt, spricht und geht gemeinsam.
Die Frucht unsrer bewußten und unbewußten Träume ist unser Sein.
Das Leben ist Traum. Der Traum ist Leben.

HÄNDE.

Jede Hand, die sich bietet, lebt von jener, die sie ergreift.
Die kleinste Geste verliert ihren Sinn, wenn sie nicht für einen Anderen bestimmt ist.
Hände und Gefühle, die sie ausdrücken, können tiefer in das Geschehen eingreifen, als es Worte je im Stande wären.
Sie sind verhaltener.
Ihre Kraft liegt in ihrer Lautlosigkeit.

DIE DUNKLEN TAGE.

Die dunklen Tage umhüllen jene mit Traurigkeit, die einsam sind; die keine warme Hand eines Nächsten ergreifen können.
Jene aber, die aus ihrer Umwelt Wärme in vielen Gestalten schöpfen dürfen, sie müßten zu Boten der frohen Botschaft werden.
Hingehen sollten sie und Worte und auch Taten schenken. Wenn nur ein Mensch in einer Stadt, an einem Tag, in einer Stunde, den Mut und die Kraft dazu besitzen würde, welche Stunden, Tage, ja Jahre, über die ganze Erde gesehen, könnten in einem einzigen Augenblick an Glück und Freude aus den dunklen Tiefen aufsteigen.
Habt Mut und versucht es!

FREMDE

Sterne spenden mir nun Licht, die nicht meine
Kindheit erhellten.
Träume ich heimlich und unbewußt, muß ich das
verschwommene Geschehen am Tag in fremde
Worte kleiden.
Nichts ist mir geblieben, als das Licht des Morgens,
das immer wieder Hoffnungen in mir erweckt.
Hoffnung worauf?
Daß die Erde sich eines Tages langsamer drehen
wird und ich die Wege meiner Heimat wiederfinde?
Mögen sie bis dahin nicht verschüttet sein, gleich
meiner Seele.

DAS MODERNE.

Ein Affe wollte gerne ein Mensch sein. Er setzte sich auf einen hohen Ast und schaute aufmerksam den Menschen zu: was sie taten, wie sie gingen, wie sie schauten...

Als er glaubte, genug zu wissen, mischte er sich unter die Stehenden, Gehenden, Schauenden.

Zu seinem großen Erstaunen verjagte ihn niemand. Oder fing ihn ein, weil er doch ein Affe geblieben war, wenn er auch anders ging, anders schaute.

Die einzige Reaktion, die er beobachten konnte, war, daß die Menschen sich bemühten, sein Aussehen nachzuahmen.

Sie hielten ihn für modern.

DAS ECHO

Ein Mädchen ging durch den Wald. Es fühlte sich den Pflanzen und Bäumen verwandt. Die Wurzeln — breit und stark — schenkten ihm Vertrauen.

Als es sich stark genug fühlte, begann es zu rufen. Lauter, lauter, lauter — ein schwaches Echo war seine Antwort.
Das Mädchen ging dem Echo nach. Zögernd und mit ein wenig Angst im Herzen. Es ging lange. Es wurde dunkel. Auch in dem Mädchen.
Es vergingen Tage und Nächte. Es suchte.
Das Echo ist vor ihm geflohen und flieht in alle Ewigkeit.

GESTÖRTER TANZ.

Er versuchte, ihre Augen zu zwingen, seinem Blick standzuhalten.
Sie wich aus, denn sie suchte...
Er drückte sie enger an sich, um durch seinen Körper, ihre Sinne zu erreichen.
Sie begann zu beben, so sehr, daß er vermeinte, jedes ihrer feinen, lockigen Haare übertrage dieses leise Zittern auf seine Haut und zerreiße sie.
Er glaubte, gesiegt zu haben.
Sie ließ ihn los und eilte dem Ausgang zu.
Dort sah man sie einem Manne in die Arme sinken.

Jeder vermeintliche Sieg kann auch eine verlorene Schlacht verkünden.
Die Musik spielt meistens trotzdem weiter.

DER BELEIDIGTE FRIEDE.

Um den Frieden wurde wieder einmal gekämpft.
Die Köpfe rauchten.
Einer schrie: ,,Der Friede ist mein!''
Der Andere: ,,Was, der Friede ist Dein?''

Da wurde der Friede zornig. Er drehte sich beleidigt um und ging, um lange nicht wiederzukehren.

Hätte nur Einer ,,Unser Friede'' gesagt, er wäre froh und friedlich geblieben.

DIE GÖTTLICHE ORDNUNG.

Die Tiere am Lande, im Wasser und in der Luft, beschlossen, sich nicht mehr gegenseitig aufzufressen. Sie wollten sich in Zukunft nur mehr von Pflanzen nähren.
Es dauerte nicht lange, wimmelte es zu Lande, zu Wasser und in der Luft von Tieren mannigfaltiger Gattungen. Die Erde war kahlgefressen und die Tiere des Wassers konnten nur mehr Luft schnappen.

Da wurde es einem goldfarbenen Fisch zu dumm. Er verspeiste den nächsten Wasserfloh, der in seine Nähe kam und so war die göttliche Ordnung wieder hergestellt.

DIE STILLE.

In letzter Zeit war es dem lieben Gott im Himmel zu laut. Ein andauerndes, aufgeregtes Stimmengewirr störte ihn.
Er ging der Sache nach und merkte, daß es von der Gruppe der Politiker ausging. Das hatte noch gefehlt. Die meisten von ihnen waren ohnedies vorzeitig eingetroffen, weil man sich ihrer auf der Erde gewaltsam entledigt hatte und nun dieses Geschrei.
Als der liebe Gott sie fragte, warum sie denn so aufgeregt seien, riefen alle durcheinander, daß man sie beleidigt habe, weil ihre Pläne und Vorschläge nie ausgeführt wurden.
„Gut", sagte der liebe Gott, in seiner großen Weisheit, „wir werden nun alles, wie Ihr es geplant habt, geschehen lassen."
Da staunten sie, ob dieser Bereitwilligkeit und lugten gespannt auf die Erde.
Es dauerte nicht lange, wurden sie still, ganz still, verschwanden hinter ihren Wolken und es herrschte wieder Ruhe.

WAHRER REICHTUM.

Ein Armer ging ruhig seines Weges. Da kam ihm ein Reicher entgegen in prunkvoller Kleidung und reich geschmückt. Der Arme grüßte ehrerbietig und wollte weiter. Jedoch der Reiche hielt ihn an und sah ihm sehr sonderbar in die Augen.
„Dein Blick ist so gelassen und zufrieden. Wie kommt das, wo Du doch scheinbar arm bist, denn Deine Kleidung ist schlecht, Du trägst keinen Schmuck und nennst wahrscheinlich nicht einen einzigen Taler Dein Eigen?"
Da lächelte der Arme, hell und froh, und meinte: „Ich besitze große Schätze, Herr, deshalb bin ich so ruhig und zufrieden."
„So zeige Deine Schätze. Ich will sie sehen."
„Das kann ich nicht, mein hoher Herr, es tut mir leid, denn nichts das ich besitze könnt ihr mit Augen schauen oder mit Euren Händen gar befühlen."
„So sagt, was ist es dann?".
„Ach, es ist so viel, so viel. Ich brauchte Tage, um alles Euch zu nennen. Es ist Glaube, Hoffnung, Liebe, Zufriedenheit, Treue...".
Der Reiche wurde ungeduldig. Er ließ den Armen stehen und ging. Jedoch die Worte klangen immer wieder in seinem Innern nach und er fühlte sich mit einem Male arm.

EINE FAMILIE

Ein jeder Mensch auf dem riesigen Erdengrund, dem die Gabe zuteil wurde, in die Welt der Kunst einzudringen, gehört einer einzigen, großen Familie an.
Nicht oft fühlt er sich wirklich geborgen in ihr, denn die Bilder, der ihm Verwandten, gleichen sich nur selten. Doch dies erhöht den Reiz und läßt diese Menschen ständig im Aufbruch leben.
Als Geschenk fällt ihnen noch die Natur ans Herz, denn dem Realisten verschließt sie sich zumeist.
Verliert die Welt nun einen Schöngeist, trauert die ganze Weltfamilie um ihn.
Jedoch bedenkt: sein Geist ist unsterblich und wirkt aus großer Ferne daran mit, daß dieser Familie immer wieder Kinder geboren werden.

UNSER ENGEL.

Unser Engel wartet.
Seine Flügel streifen zuweilen sachte an uns.
In solchen Augenblicken sind wir glücklich, auf eine schwebende Weise.
Je öfter wir von unserem Engel träumen, um so näher kommt er uns.
Mannigfaltigen Anfechtungen des Bösen lernen wir, mit seiner Hilfe abzuwehren.
Einmal werden wir, gleich ihm, die Arme breiten und durch keine Materie gehemmt oder belastet — gleiten. Laßt uns davon träumen.

DEN KINDERN GLEICH...

Meine kleine Freundin ist bei mir.
Ich staune heimlich über sie. Sie weiß so viel, das
Andere oft lange suchen, doch niemals finden.
Ihr Körper ist sehr wohlgeformt. Man könnte
glauben, daß Gott sich hier besondere Mühe gab.
Und sie ist hell und sauber, bis in die Fingerspitzen
und in die weichgelockten, blonden Haare.
Da muß ich denken, daß jeder Mensch einmal so
war, so hell und allem Trüben ferne.
Das Leben reißt so manchen wild in die befleckten
Tiefen.
Doch Einige entsteigen phönixgleich dem Dunkel
und werden wieder Kindern gleich.
Für Jene hat sich der mühsamweite Weg gelohnt.

ZERBROCHENE TRÄUME.

Heute führt mich mein Weg über zerbrochenes Glas.
Es knirscht und kracht und tötet jedes Leben.
Die Stiele der Blumen bluten aus tiefen Wunden.
Viel Vergangenes liegt unter mir.
Glänzende Scherben zerbrochener Träume.

WEISE GABE.

Daß wir jenes nicht kennen, das für uns schon in den Lüften liegt, gleicht einer unschätzbaren Gabe. Wissen würde unser Blut unruhig und wallend durch die dünnen Adern jagen. Sei es die Freude, die vor den Toren unsres Lebens wartet, sei es die Trauer, die düster harrt.
Jedoch das kindlich leicht getrübte Denken läßt uns das Leben leben.
Die Stunde kommt, da wir der Mächte Walten sehend und erschauernd fühlen werden.

VERZAUBERUNG.

In manchen Stunden rührt uns ein Zauber an.
Von welchen Dingen geht er aus?
Durch welche Tore dringt er in uns ein?
Ist es der Strahl eines Blickes, der uns traf und
in unsre Seele sank? Dort sich nun wärmend schmiegt
und uns das trübe Licht der vielen schon gelebten
Tage mit einem Schlag vergessen läßt?
Oder ist in uns leis' die Glut geschwellt, die
mildes Licht nun zaubrisch auf die Nacktheit des
Realen wirft?
Nie werden wir der Verzauberung Geburt erleben,
jedoch ihr weiches Weben immer wieder manche
Stille sanft vergolden.

TRÖSTENDE UNENDLICHKEIT.

Einer ging über Höhen und Tiefen. In manchen Augenblicken genoß er die Weite, in anderen wieder die Düsternis und Unergründlichkeit der Schluchten. Jedoch stets trug er das Haupt erhoben und kein Geschehen konnte die Kraft seiner Seele zerbrechen. Er vertraute den Menschen, obwohl das Denken Mancher ihn oftmals erschauern ließ.
Und gerade jene, die Gott in ihrem Munde trugen, verletzten ihn gar tief und rissen roh den losen Umhang ihm vom Leibe.
Selbst in seiner Nacktheit aber, hob er den Blick. Und er empfand des Himmels tröstende Unendlichkeit.

LACHT . . .

Soll ich Euch lachen machen?
Ich tu' es gern und werfe meine bunten Seile um Eure stillen Leiber.
Die Narrenkappe steht mir gut.
Bin ich des Scherzens müde, müßt Ihr mich ziehen lassen.
Dann gehe ich, beschirmt von großen, grünen Freunden den Weg zu meinem stillen Haus.
Dort stelle ich mich ruhig an das große Fenster, das mir ein weites Stück des Himmels zeigt.
Und hole Kraft und Licht mir wieder, daß ich Euch morgen wieder lachend machen kann.

DAS BÜNDNIS.

Weisheit ist Macht.
Jedoch selten gebiert die Macht Weisheit.
Deshalb legt ab das schillernde Kleid halben
Wissens und kämpft mit allen Mitteln darum, der
wahren, letzten Weisheit Euch zu nähern.
Sie wird sich scheu vor Euch verhüllen.
Je näher Ihr Euch Eurem Ziele wähnt, je ferner
wird sie sich entrücken.
Ein guter Rat für diesen weiten Weg wäre von Nöten.
Vielleicht jener, den Geist und den Verstand mit
einem warmen Herzen verbünden.

WIE TIEFE DÜFTE.

Um uns wehen, wie tiefe Düfte, die Gefühle der
Anderen.
Sie bedrängen in manchen Augenblicken unsre
Sinne.
Blitzen gleich erhellen sie die Landschaft, um der
Dunkelheit, die darauf folgt, mit lautem
Donnerschlag, die Wege zu bereiten.
Was wir fühlen, wollen wir erkennen und ihm einen
Namen geben.
Jedoch kein Name ist geformt, für jenes Ungreifbare.

Wir können einzig unser Sinnen offenhalten und
geduldig des gefällten Urteils harren.

MENSCHWERDUNG.

Vieles mußten wir hingeben, um wissend zu werden.
Bewußt empfinden zu können — ich bin — wog
alles auf, denn seit jenem Augenblick hob unser
Menschsein an.
Die erreichten Stadien der verschiedenen Geschöpfe
sind so vielfältig, wie die Geschöpfe selbst.
Aufgefächert zeigt sich uns, die gesamte
Entwicklung unseres Wesens bis an jenen Punkt,
den wir selbst erreichten.
Alle weiteren Möglichkeiten, die uns bestimmt sind,
erahnen wir nur. Dies zum Teil an jenen Menschen,
die uns schon weit voraus sind und schemenhaft aus
den verborgenen Bildern unserer Seele und unseres
Geistes.
Vieles ist noch zu tun um wahrhaft Mensch zu
werden.
Unendlich lange Wege liegen vor uns, aber die Mühe,
sie zu gehen, lohnt sich, denn am Ziel erwartet uns
das einst verlorene Paradies.

DAS TRÄUMENDE TIER.

Ein indischer Weiser nennt das Tier träumend.
Daran muß ich immer denken, wenn ich Tiere, besonders in der freien Natur beobachte.
Ihr Verhalten ist so, als würden sie auf irgend etwas geduldig warten. Grasende Lämmer oder eine liegende, langsam wiederkäuende Kuh ist von einer so starken Ruhe umhüllt, als nähre sie ihre geheimen Träume und wisse mit großer Gewißheit um ihre Erfüllung.
Menschen erwecken einen solchen Eindruck nur in den seltensten Momenten.
Vielleicht weil sie erwacht sind.

DER DINGE LICHT.

Auch die Dinge um uns her besitzen Wärme oder Kälte. Dies ist nicht nur den Menschen vorbehalten.

Sie haben manch' geliebtes Antlitz mild gespiegelt
und Glück wie Tränen fielen leis' an ihren Saum.
Die Sprache, die wir unsre nennen, ist ihnen nicht geschenkt.
Doch jener tiefe Rahmen eines alten Bildes, den ich heute abends leuchten sah, in sattem, dunklem Gold, hat mir ganz scheu von Längstvergangenem erzählt. Ich konnte nicht genug davon bekommen und will ihn heute wieder leuchten hören.

WANN BEGANN ES?

Tief im Dunkel der Vergangenheit begann es.
Tasten wir uns Schritt für Schritt zurück, so können
wir Teile dieses Seiles hoffend fassen.
Und fest sich an Gefundenes klammernd, öffnen
sich sacht des neuen Eilandes Pforten.
So gehen wir, fast wie geblendet, stets über neue,
schwebend leichte Brücken und die belichteten
Jahrtausende verschwimmen.
Sie wandeln sich zu Jüngstvergangenem.
Der Urbeginn aber entzieht sich uns immer wieder.
Einer beobachtet schweigend, mit leisem Lächeln
unser Suchen.
Er weiß um jene Stunde.

STETER WELLENSCHLAG.

Bücher sind gleich großen Seen.
Viel Unbekanntes liegt auf ihrem Grund.
Taucht man lautlos und gespannt in ihre sachte
Bewegheit, empfängt uns ein fremder Geist.
Dieser Geist zeigt uns die Erde und den Himmel in
neuen Farben und Formen.
Alles wird durchzogen von einem leisen Beben. Es
ist das Gefühl des Dichters.
Durch das Werk des Aussagenden zieht sich als roter
Faden die Entwicklung und Reife seines Wesens.
Man kann, ein Buch mit beiden Händen warm
umfassend, sehend, gehend und fühlend, eines
Menschen Leben begleiten.
Vieles an gewonnener Weite des Anderen wird mit
stetem Wellenschlag in unsre Seele fließen.

REAKTIONEN.

Ein Tier hebt den Kopf.
Der Blick seiner Augen sinkt in uns.
Er löst eine Kette von Gefühlen aus: —
Mitleid, Fürsorge, Wärme, Bewunderung, Angst
oder Freude.
Würde dieses Tier plötzlich in einer, uns
verständlichen Sprache, zu sprechen beginnen,
könnte es sein, daß einige, oder sogar alle, unserer
Empfindungen auslöschen und versiegen.
Die Sprachlosigkeit ist es, die uns wieder und wieder
zu starken Gefühlen drängt.
Die darauf folgenden Reaktionen der Tiere legen
wir uns nach dem Grad unseres
Einfühlungsvermögens und unserer Fantasie aus.
Hoffentlich enttäuschen wir die Tiere damit nicht zu
sehr.

DIE IDEALISTEN.

Ein Gedanke hier, ein Gedanke dort!
Viele prallen ab, an Wänden, die glatt, grau und hart.
Irgendwo aber fällt eine Idee, einer schillernden Seifenblase gleichend, auf weichen, fühlenden Grund.
Sie zerplatzt und läßt ein winziges Etwas aus Luft und Illusion zurück.
Dieses Etwas dringt in die feste Substanz und vermehrt sich unbemerkt.
Der Mensch, den dieser Erreger befallen hat, ist, wenn auch oft nicht sichtbar, verändert.
Er befaßt sich mit dem einverleibten Gedanken und wird so zum Träger einer Idee.
Damit reiht er sich ein in das riesige Heer der Idealisten.
Sie sind es, wenn auch nicht öffentlich dazu erklärt, — sie würden es für höchst überflüssig finden, — die, mit der Fantasie im Bunde, die Welt auf ihren Schultern tragen.

GEWINN UND VERLUST.

Die Möwen sind heute morgen in großen Schwärmen abgeflogen. In der Nacht hatte der Wind auf Süd gedreht. Sie scheinen deshalb die Hoffnung auf Eis und Schnee verloren zu haben. Nun werden sie ihr weißgefiedertes Ballett hoch im Norden wieder in den Himmel zeichnen.
Die Leere, die uns verbleibt, kündet aber den nahenden Frühling.
So trägt jeder Verlust auch einen Gewinn in sich.

DIE ZEIT FEHLT.

Würden sich die Menschen doch die Zeit nehmen!
Eine Reise zu ihrem Selbst könnte Grundlegendes klären.
Irgendwo, sehr verborgen, würden sie auf einen Schatz stoßen — vielleicht mitten im Gehirn, durch das die Gedanken strömten, — oder in einer Kammer des zuckenden Herzens, — an eine warme Wand der Aorta geklammert, die vom Blut durchrauscht wird, —

das Korn des Göttlichen, welches nur darauf wartet, von uns zum Reifen und Fruchten gebracht zu werden.

Ja, aber, wer hat schon Zeit für diese Suche?

QUANTITÄT KONTRA QUALITÄT.

Gedanken gleichen rasch gleitenden Bildern.
Der Ablauf ist selten chronologisch.
Zumeist hetzen die Folgen über unsre Sinne.
Millionenfach am Tage — noch zahlreicher in der Nacht.

Das Ergebnis zeugt von der Fülle.
Selten aber von Qualität.

NUTZLOSE FRÜCHTE.

Über den Lebenswegen der Vergangenheit liegen verstreut unsre Gefühle und Handlungen.
Zu manchen Zeiten gab es viele Menschen, die daran Interesse hatten und diese Trümmer sorgsam aufhoben und verwahrten.
Mit zunehmender Reife haben wir immer mehr und auch gewichtigere Dinge auf die Wege zu legen.
Jedoch das Interesse der Umwelt dafür nimmt rapide ab.
Umgekehrt wäre es besser.

UMWELT.

Um uns züngelnde Flammen.
Worte und Laute, die unsren Ruf erbauten.
Ein zitterndes, bebendes Haus.
Wo ist das Tor, durch welches die Seele ihren Einzug hält?
Wo ist das riesige, brodelnde Becken, in dem die Gefühle wallen und dampfen?

Wißt:
Eure Augen sehen nur die kleinen, glänzenden Tropfen, die der aufsteigende Nebel geboren.

EWIGES KOMMEN.

Hebet die Blüten und wiegt sie am Urgrund!
Fühlet des Ewigen Sein!
Wisset, daß einzig nur Schenken beweget des
undenkbaren Kosmos unschauliches Maß.
Doch in jenem urweltlichen Geben liegt der
Unsterblichkeit Grund.
Alles, das webet, war und wird sein.
Jeglicher Anbeginn endet im Nie.
Der ist gekommen. Der wird nun sein.
Und er geht und er kommt.
Und er geht und ...

HIOB'S BOTSCHAFT.

Schauet die Zeichen!
Vernehmet die Stimme!

Ursprung und Sein der Botschaft ist unwandelbar.
Sie liegt für Euch in Gründen und Lüften.
Ihr Atem ist leise und nur dem Weisen gut hörbar.
Doch ein Wort dringt jedem mächtig entgegen:

MITLEID!

SEHT! ALLES LEBT!

Seht — alles lebt!
Im kleinsten Wassertropfen ist eine ganze Welt beschlossen.
Und wir?
Wir sind der Erde, einem bunten Gürtel gleichend, um den Leib geschlungen und sind stetig in Verwandlung.
Wo ruht der Sinn?
Wer gibt dem Spiel die Richtung?
Unergründlich der Impuls und tiefverborgen die Reaktion.
Die Exaktheit des Ablaufs — ein bestauntes Wunder.
Die Beobachtung lebenswert.

DAS KUNSTWERK.

Jedes echte Kunstwerk muß Wahrheit in sich tragen und tiefe Leidenschaft.
In manchen Augenblicken, wenn starkes Licht auf das Geschaffene fällt, erglüht diese Leidenschaft und das Wahre leuchtet dem Beschauer bestürzend entgegen.
Die geschriebenen Worte, die wir zu formen gelehrt wurden, sind nur sehr selten stark genug, um den Hintergrund transparent zu machen.
Stärker schon gelingt es der Stimme, Unsichtbares zum Klingen zu bringen.
Größter Raum aber, für heiße, glutumhauchte Ströme, ist die Stille und Verhaltenheit.

SCHEUE DÄMMERUNG.

Und scheint es manchem so, daß nichts in unseren
Händen bleibt, dann blicke er zurück.
Beglückend wird sich ihm Geschaffnes zeigen,
zuweilen in verhüllten Bildern nur.
Doch das Verhülltsein hat sie reifen lassen und ihre
Farben nun um so stärker glühen.
Das Licht ist Ursprung unsres Lebens, jedoch die
Früchte unsres Handelns verbergen scheu sich in der
Dämmerung.

VIELE LIEDER.

Viele Lieder klingen durch das All.
Jeder, der auf dieser Erde je geschritten, er hat seine Melodie gesungen.
Hier ist es ein dunkler Klang, den die Trommeln dröhnend untermalen.
Dort hört man es hell und kindlich klingen, aus den Kehlen kleiner Kinder. Sie haben wahre Lebenstöne erst zu suchen begonnen. Das Helle, wie das Dunkle ist vor ihnen geflohen. Noch ist keine Komposition entstanden.
Dennoch hört man starke und eindringliche Choräle rauschen, die den Kosmos erfüllen.
Kein Mensch hat je umsonst gesungen.

ADAM.

Ich suche Adam.
Ich begegne ihm.
Sein Gesicht ist vielfältig.
Sein Blick, ob dunkel oder hell, ist kündend.
Er verheißt die Kraft der Gedanken, die in diesem Wesen ruhn.
Er durchdringt die dünne Schale des zerbrechlichen Ovos.
Leise Angst beschleicht uns, Adam könnte sich auf dem Weg zum Embryo verlieren.
Wie sollte die Menschheit ohne ihn existieren, da doch nur er die Bestätigung der Menschwerdung verkörpert?
Sollte man Adam zurufen: „Verliere den göttlichen Untergrund nicht aus Deinem Denken!"

Ich bin wieder Adam begegnet.
Ich habe den weisenden Urgrund in seinem Blick gefunden.
Wir können ruhig sein.

MAN REDE VON GÜTE.

Am mächtigsten wird der Mensch durch das Wort beeinflußt.
Welche unerhört wichtige Position nimmt daher die Dichtung ein!
Warum aber überschwemmt sie den Menschen, besonders in den letzten Jahrzehnten, mit so viel Negativem?
Das wahre Leben zeigt — der Mensch ist böse, aber er ist auch gut.
Sein größter Wert liegt darin, daß er, oft im Geheimen, aber dennoch, nach Güte strebt.
Er will Mensch sein und als solcher anerkannt werden.
Man gehe also hin, rede ihm von Güte, und der oder jener wird sich willig bereden lassen.
Der Mensch wartet.
Versäumt keine Zeit!

DER LINDE HOFFNUNG

Ein Stück Holz — duftend und hell.
Bei jedem formenden Schlag schreit es nicht schmerzvoll auf, — nein, nur ein schwaches Seufzen kann man vernehmen.
In diesem Seufzen schwingt ein wenig Ungeduld, viel Vorfreude und vor allem Hoffnung.
Es ist wahrscheinlich das Ahnen von Inspiration.
Und auch ein wenig Angst, der wahrhaft schöpferische Augenblick könnte ungenützt vorübergehen.
Aber dann liegt ein mildes Lächeln über Allem.
Ein scheu verschlossener Mund bewahrt das geheime Geschehen.
Doch mancher fühlt es, tief innen.
Die Linde hat nicht vergeblich gehofft.

URALTE SEHNSUCHT.

Uralte Sehnsucht führt nach dem Süden uns.
Schwelle um Schwelle bleibt sanft und grünend
zurück.
Berge durchtrennend werden wir neuem Himmel
bereit.
Und dann verspüren wir, noch tief in trockene Erde
greifend, den Geruch des Meeres.
Da fällt die lange, trübe Dunkelheit von unsren
Schultern.
Unsre Sinne trinken die strömenden Ahnungen und
die Sehnsucht wird Teil um Teil zur erlebenden
Gegenwart.
An die Küsten des Südens geworfen verwandeln wir
uns zu ihrem schäumenden Saum und füllen das
Herz mit neuen Träumen.

DER VERBLASSTE SCHATTEN.

Geben und nehmen.
Ein Tausch sollt es sein.
Doch vieles bleibt trüb und im All es verweht.
Kalt sind die Hände, die an Kostbares streifen.
Und die Dinge ein Reif aus eisigem Atem umgibt.
Trifft ein wärmender Strahl das versunkene Herz,
verliert er sich irrend im kühlen Fließen des Blutes.
Denn verläßt er die drängenden Bahnen, ist irre
Bewegung um ihn her.
Im Dunkel gewahrt man die Verheerung noch nicht.
Im Lichte aber, dann springt es uns an, — verloren,
verlassen, — der Schatten, er ist am verblassen.

FREMDSEIN.

Fremdsein kann auch jener, dessen Leben in Gott ruht von Geburt bis hin zum Tode.
Fremdsein kann auch jener, — und eisige Kühle an der Stirne fühlen, — der unter Menschen lebt, deren Wiege eng neben der seinen stand.
Fremdsein kann auch jener, dessen Gedanken auf ihrem Grunde die Sorge für den Nächsten tragen, so wie es ihm geboten.
Fremdsein kann auch jener, der alle greifbaren Dinge gering schätzt, und dessen Werte auf der Ebene des Gefühls und des Geistes liegen.
Fremdsein kann auch jener, der Pflanzen, Tiere und die ziehenden Wolken liebt.
Fremdsein kann auch jener, der die Stille sucht und sich in sie schmiegt.
Durch die Stille aber dringt eine Stimme und es scheint dem Fremden so, als führe sie ihn in ein Reich, das ihm vertraut und zu dem er ganz gehört.

KOMETENHAFTER REGEN.

Der Regen rinnt ganz leis' vom Tage in die Nacht.
Er hat um dieses Nichts, das Leben heißt, den
Schleier dicht gebreitet.
Hinter diesem Schleier aber müssen weiter wir
Gefühle und die bunten Illusionen hegen, die aus
den Träumen Tage wachen Lebens steigen lassen.
Denn nur der träumend weiß die Tage zu
verschlingen, kann einst das Buch des Lebens
glückhaft schließen und sich dem Unbekannten stille
anvertrauen.
Die wohlbekannten Wege wußte er zu gehen, so
werden auch die dunklen Pfade unbekannten
Jenseits sich ihm öffnen.
Viele Sterne werden ihn begleiten und der Kometen
Regen seine Seele reinigend umfließen.

DER KOSMISCHE REIGEN.

Nun tragen die Berge, Wälder und Fluren wieder
das Kleid der Unschuld.
Weiß leuchtet die Natur und läßt sich beschirmen
von einem Himmel, der zuweilen dunkel und grau.
In ihm ballen sich neue glitzernde Kristalle, die
darauf warten, in stillem Gleiten zur Erde zu tanzen.
Leise sinkt der eisige Gruß des Firmaments zu
Boden.
Jeder Kristall eine geordnete Welt für sich.
Er baut über einen kurzen Zeitraum hinweg, mit an
den bizarrsten Formationen.
Auch er muß vergehen.
Sein Vergehen tränkt die trächtige Erde und ist Teil
des neuen Gedeihens.
Ein Tanz der kosmischen Kräfte, der sich zum
Reigen schließt.

NÄCHTLICHER BESUCH.

Heute Nacht fiel Schnee.
Ein wenig müde ließ er sich zu Boden fallen und ruhte aus.
Kein Stern zeigte sich am verdunkelten Himmel.
Diese glänzenden Freunde hatten einen Vorhang aus Kristallen vor ihr Antlitz gespannt.
Die Menschen schliefen in ihren warmen Betten und manch Einer träumte vielleicht von Sonne und Helle.
Die Tiere aber blieben der kalten Nässe ausgesetzt.
Sie hatten den Winter mit seinen Unbillen wieder einmal zu überstehen.
Als wir morgens erwachten, zeigte sich auf unserem Balkon im Schnee die Spur eines Eichkätzchens.
Es hatte unsere Nähe gesucht. Der Wärme und Geborgenheit wollte es nahe sein.
Das Licht des Morgens aber trieb es zurück in seine kalte Einsamkeit.
Möge es den Frühling erleben und dann seine Freiheit in der Natur voll genießen.
Dann werden wir Menschen es sein, die das Tierchen beneiden, ob seinem Leben unter dem hellen Frühlingshimmel.

EINSAME WELT.

Die Bilder, die wir sehen, sind keine Wirklichkeiten.
Wir versuchen, Wesen und Dinge in den Raum des Realen zu erheben.
Welche Fülle der Gesichte entsteht dadurch.
Ein jeder Mensch hat seine eigene Schau.
Der Eine bunt und schillernd.
Der Andere trüb und ohne Kontrast.
So baut sich jeder Mensch Welt und Leben aus seiner Seele und nach seinen Kräften und jeder geht mit seinen Bildern durch die Tage, die er mit niemanden, auch dem liebsten Menschen nicht, zu teilen vermag.
Er geht alleine durch die Tage mit der Sehnsucht im Herzen, seine Welt zu zeigen und zu verschenken.
Er bleibt alleine, so lange, bis die Bilder verblassen und langsam entgleiten.

VERGANGENHEIT . . .

Vergangenheit ist jener Strom, dessen Wellen die Gestade der Gegenwart umspülen und dessen Verfließen die Zukunft vorbereitet, so lange, bis er mündet im Meer der

UNSTERBLICHKEIT.

DAS ENDLOSE BAND.

In der Mütter Herzen reift der Liebe Korn.
Und ihr Blut gibt weiter seinen Samen.
So fließt es in der Kinder weichen Körper und sucht
sich eine stille Stelle, um zu wachsen.
Betaut von warmen Zärtlichkeiten reift es heran.
Eines Tages dann, ist es bereit, sich in ein neues
Leben zu versenken.
Das ist die endlos lange Kette, die sich der
Schöpfung um die Formen schlingt.
Beglückend ist's zu wissen, ein Glied in diesem
Band zu sein, das nimmer endet.

SPÄTER SOMMER.

Aus dem müden Sommerhimmel fallen milde
Sonnenstrahlen.
In den Ästen reifen lautlos und versunken süße
Früchte.
Die Birken lassen erstes Gold in ihre Blätter
dringen.
Und die stacheligen Hüllen der Kastanien öffnen
gemächlich lächelnd ihre Münder.
So gehen wir der dunklen Zeit entgegen, den Schoß
mit Ernte prall gefüllt.
Die Sonne wendet ab ihr glühendes Gesicht, —
neuen Gestaden zu.
Wir harren ihrer Wiederkehr.

DIE TRÄNEN DER VÖGEL.

Schon allein der Gesang der Vögel verändert uns. Er zwingt uns zur Stille. Wir müssen lauschen, oft gegen unseren Willen, aber wir haben jene Kräfte mit einem Schlag verloren, die uns weiter geräuschvoll über die Wege der Erde jagen.
Wir müssen, oder richtiger gesagt, wir dürfen einhalten und wir lauschen. Welche Süße dringt in uns! Erleben wir die Gesänge der Gefiederten in freier Natur, so klingt noch manches mit. Die Zweige wiegen sich leise knarrend im Wind und die glänzenden Blätter der Bäume und Sträucher rauschen geheimnisvoll und mit tiefer, ungebrochener Lust.
Über allem Weben, Kommen und Vergehen liegt aber der Chor der Vogelstimmen. Manchmal will es uns scheinen, als wären in die frohen Stimmen, die sich rufen und die sich Antwort geben, Töne eingewoben, die anderen Harmonien entstammen. Sie sind dünkler und fast könnte man sagen in Moll gestimmt.
Da Vögel Freude empfinden können, so ist ihnen wahrscheinlich auch die Trauer nicht unbekannt und diese berührenden Klänge sind vielleicht die Tränen der Vögel, die sie ob Verlorenem verströmen.

HOFFNUNG.

Die Hoffnung ist wie eine Schaukel.
Sie trägt Dich dem Himmel entgegen.
Glaubst Du Dich ihm nahe und willst eingehen in die helle Verheißung, entzieht sie sich fliehend Dir wieder.
Es braucht Deine ganze Kraft, um wieder an Höhe zu gewinnen.
Langsam erkennst Du, daß die Bewegung des Schaukelns an sich, Dir zumeist schon Befriedigung sein muß.
Dennoch gibst Du Dich den Flügen immer wieder anheim und hoffst.

DIE WEISSE LILIE.

Einst sproß die weiße Lilie aus des Verkünders
Hand.
Jeder liebende Mensch langt seither mit ihrer Hilfe
in die fernen Bereiche.
Er fühlt dann den silbernen Wind der Erlösung und
weiß um Lichtsein in aller Ewigkeit.
Die uns sichtbar verlassen werden Teil des
Unsichtbaren um uns und in uns.
Ihr Weben erhellt unsre Tage und unsre Hände
bilden die Wurzeln unzähliger weißer Lilien.

DAS NEUE HERZ.

Mein Herz hat graue Ränder als hätte Nacht für
Nacht der Regen es beströmt.
Nun gleicht es einer jungen Taube, die voll
Vertrauen sich dem Leben immer wieder in die
Arme wirft.
Und seine neue Weichheit ist kein Ende, denn tief
in seinen Kammern pulst es hoffnungsvoll.
Es ist nun eine neugeborne Waffe, die da in meiner
Brust auf ihre Stunde harrt.
Auf jene Stunde, da sie verfließt in einer neuen
Weise und sanft, wie heller Sommerregen, auf
Mensch und Erde fällt.

DER WEISE TOR.

Ist Joseph unter uns?
Ein Träumer war er, seit Geburt.
Doch träumend wuchs er über viele Köpfe.
Auch jene, seiner Brüder.
Deshalb sannen sie auf Rache und jeder Anlaß konnte zur Stunde der Vergeltung werden.
Sie rächten sich, die Söhne Jaakobs.
Aber einer hielt die Hände über Joseph, denn dieser Eine wußte, daß die Menschheit ihn als Beispiel brauche, um Menschsein stündlich und voll leiser Qualen zu erfahren.
Joseph war's und wird es immer sein, der träumend, aber unverzagt den menschlichsten der Lebenswege schreitet und so das Irdische für Fernes vorbereitet.
Joseph ist unter uns.

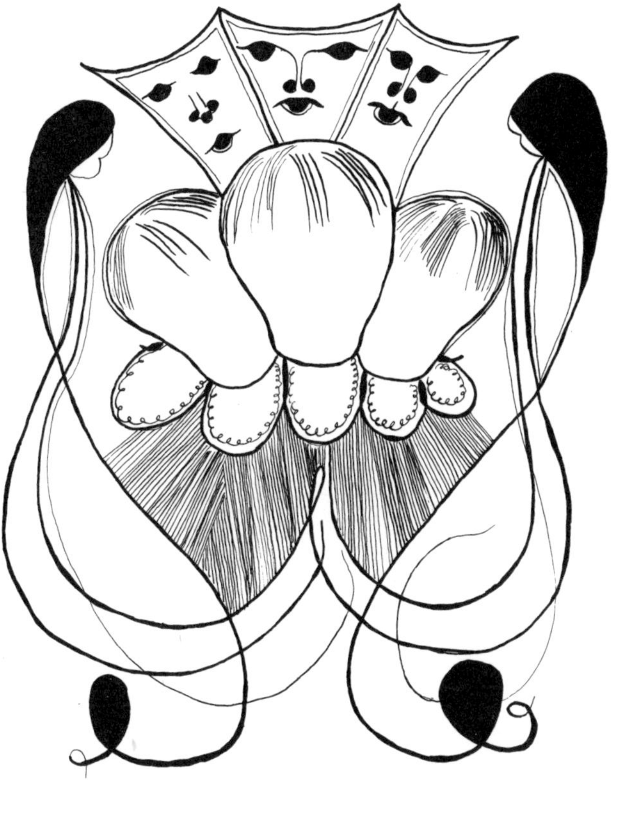

Bisher in der Edition Roetzer erschienene Titel von Gertrud Fink:

JEDER MEINER SCHRITTE...

Gedichte zum Nachdenken.
Mit Hinterglasbildern von Gerhard Mörtl.
Vorwort von Harry Glöckner.
Leinen, S 170,—

NÖN, Edith Mayerhofer:

Als Höhepunkt folgten zum Abschluß wahlweise entnommene Gedichte aus dem „literarischen Kind" — die liebevolle Bezeichnung für das Werk „JEDER MEINER SCHRITTE..." — der Gertrud Fink. Die Tiefsinnigkeit dieser Gedichte wurde jedem der Anwesenden noch intensiver bewußt durch die beschauliche Intonation und Stimmungsmalerei der Autorin.

Zeitschrift „SCHRIFTTUM AUS ÖSTERREICH"
Der Weg zum Buch, Prof. H. Wittmann.

Unter den vielen immer noch in Österreich erscheinenden Lyrikbänden beansprucht dieser einer Wienerin ehrliche Aufmerksamkeit. Man kann aus diesen Versen wirkliches Anliegen erkennen, welches aus dem Herzen kommt und welches darum auch nicht in die jetzt so beliebte „Textemanie" verfällt, die auf Form und poetischen Gehalt bedenkenlos verzichtet, um nur ja etwa auf der gegenwärtigen Welle mitschwimmen zu können.

EINE ANDERE WELT

Erträumte Geschichten.
Mit Hinterglasbildern von Gerhard Mörtl
und einem Nachwort von Harry Glöckner.
Leinen, S 185,—

FURCHE, Franz Richter
Urtümliche Poesie.

Wenn es die Weltevolution immerhin so weit gebracht hat, daß die pflanzlichen Geschöpfe vom Licht leben, warum soll es ihr nicht auch gelingen, die tierstämmigen Wesen so zu vervollkommnen, daß sie von der Musik der Töne und der Worte zu leben imstande sind?
Solche orphischen Ideen entfalten in den erträumten Geschichten von Gertrud Fink ihren urtümlichen poetischen Zauber. Der ganze Motivreichtum der christlichen Legenden- und der vorchristlichen Mythenwelt findet sich hier ein, um uns vergnügliche Tröstung zu bereiten.
Von Geschichte zu Geschichte ändert sich unablässig der Gesichtswinkel, sei es, daß wir mit der Optik der Stute Bella oder des Rauhhaardackels Roxa auf die Welt schauen.

BADNER ZEITUNG, Frl. Tanner

Gertrud Fink stellte anläßlich eines Meetings in der Buchhandlung Mohr-Breininger ihr neuestes Werk „EINE ANDERE WELT" vor. Von ihrem ersten Buch „Jeder meiner Schritte..." kennt und liebt man bereits die Autorin. Auch in „Eine andere Welt", begleitet von Hinterglasbildern von Gerhard Mörtl, versetzt sie uns wieder in eine Welt der Unwirklichkeit. Durch das Tor der Fantasie gelangt jeder in sein Land der Ruhe, der Freude, der Sehnsucht.

NÖN, Christian Kirchberger

Die Wienerin Gertrud Fink hält nichts von agitatorischer Poesie, die die Schwäche und Häßlichkeit des Menschen und seiner Umwelt in den Vordergrund stellt.
Die Autorin sieht sich selbst nicht als scharfe Beobachterin, sondern als sanfte Chronistin einer besseren Welt.
Der Begriff „Liebe" ist allumfassend und zieht sich wie ein roter Faden durch das ganze Buch. Die Liebe zu Gott, zu seinen Mitmenschen und auch zum Tier wird frei von Koketterie und Eigennutz dargestellt.

BÄUME IM SCHATTEN

Immaterielle Werte.
Hinterglasornamente von Gerhard Mörtl.
Baumbilder von Maria Wagner.
Vorwort von Harry Glöckner.
Broschiert, S 120,—

ORF, Dr. Susanne Polsterer.

Gertrud Fink ist mit ihrem dritten Buch zu einer Dichterin herangereift. Ihre Sprache ist einfach und daher in dieser Einfachheit edel, so edel, daß sie einen direkt in eine beglückende Harmonie versetzen kann. In ihren Gedanken wird uns das Universum sichtbar gemacht. Sie versteht es, Beziehungen herzustellen zwischen den Blumen, den Sträuchern, den Bäumen, den Tieren und den Menschen, Beziehungen, die uns an Schönheit, Liebe und Glück heranführen. Und letztlich versteht sie es, daß wir zu uns selbst finden können.
Ja, diese Gertrud Fink ist eine vergeistigte und sehr warmherzige Trösterin geworden für alle, die in der heutigen Welt des Trostes bedürfen.

NÖN, Raimar Wieser

Gertrud Fink ist in ihrer Lyrik weich und fraulich. Ihre Texte zum Themenkreis „Liebe" zeigen die Größe ihrer Seele. An Kurzprosa gab sie einige Kostproben. Dabei war das Hohelied auf die grenzenlose Liebe aus dem Buch „Eine andere Welt" mit dem Titel „Die gespiegelte Schönheit" wohl das beeindruckendste.

Badner Zeitung, ha.

Gertrud Fink bricht mit ihrer Dichtung oft schon vernarbt geglaubte Wunden auf. Bei diesen Erinnerungen werden aber auch Gefühle frei, die den Leser in einen Mantel des Träumens kleiden.